藏在故事里的
必读古诗词

·千古至情篇·

李健◎著

北方文艺出版社

图书在版编目（CIP）数据

　藏在故事里的必读古诗词．千古至情篇/李健著
．－－哈尔滨：北方文艺出版社，2019.11（2021.9 重印）
　ISBN 978-7-5317-4363-7

　Ⅰ．①藏…Ⅱ．①李…Ⅲ．①古典诗歌－诗歌欣赏－
中国－青少年读物Ⅳ．① I207.22-49

　中国版本图书馆 CIP 数据核字（2019）第 176688 号

藏在故事里的必读古诗词·千古至情篇
Cangzai Gushili de Bidu Gushici Qianguzhiqingpian

作　者/李　健

责任编辑/富翔强　徐　昕　　　　装帧设计/平　平 @pingmiu

出版发行/北方文艺出版社　　　　邮　编/150008
发行电话/（0451）86825533　　　经　销/新华书店
地　址/哈尔滨市南岗区宣庆小区 1 号楼　网　址/www.bfwy.com

印　刷/天津旭非印刷有限公司　　　开　本/880×1230　1/32
字　数/145 千　　　　　　　　　　印　张/8
版　次/2019 年 11 月第 1 版　　　　印　次/2021 年 9 月第 4 次印刷

书　号/ISBN 978-7-5317-4363-7　　定　价/39.80 元

序　言

　　《礼记·乐记》中说："诗，言其志也；歌，咏其声也；舞，动其容也；三者本于心，然后乐器从之。"最初，诗、歌、乐是合为一体的，随着人们生活的发展，三者虽然逐渐分化，却又有着和谐的统一性。中国古代把不合乐的叫"诗"，合乐的叫"歌"，统称为诗歌。而词属于诗的一个分类，普遍认为，诗适合"言志"，词更适合"抒情"。

　　中国诗起源于先秦，鼎盛于唐代。中国词起源于隋唐，流行于宋代。唐宋时期的文人都乐于用自己手中的笔，或是记录下所见所想，或是抒发自己的感情，又或是感叹自己或他人的境遇，因此留下了无数佳作。而这其中，歌颂最多、流传最广的就是那一首首表述爱情的诗句了。

　　无论是"山有木兮木有枝，心悦君兮君不知"的暗恋，还是"易求无价宝，难得有情郎"的感叹，到"两情若是久长时，又岂在朝朝暮暮"的相知相守……爱情在诗词之中被赋予了永恒的生命。或许我们已经没办法知道诗人们写下每一首诗的初衷，但诗词会替我们记得，那种遇见爱情的悸动，两心相许的喜悦，求之不得的辗转反侧，还有最后天人永隔的哀伤绝望。

人们常说，古代车马很远，书信很慢，一生只爱一人。我们向往着"一生一世一双人"的美好爱情，但是在古时候这种美好的愿望似乎更难达成。更因为这样，那些在功名利禄、各色美姬环绕之下的真心、真情，才更弥足珍贵。

随着时代的进步，人们的爱情观也在发生变化，那些留存于古诗词中的爱情，对于今天的我们就只能成为故事了吗？我们不妨随着诗词的脚步，穿越时空，去看看盛唐、明末、清初等不同时代的爱情，看看古时候的人都是怎样看待爱情的，看看那些被历史铭记的奇女子、风流才子都是怎样对待各自爱人的。

本书辑录了古代流传较广，或是凄婉，或是深情地描写爱情的诗词。希望这些诗词中的至情故事，能让读者体会诗词之美，领略中华文化的博大精深。

目录
Contents

第一辑

愿有岁月可回首，且以深情共白头

武曌　不信比来长下泪，开箱验取石榴裙

如意娘

[唐]武曌

看朱成碧思纷纷，憔悴支离为忆君。

不信比来长下泪，开箱验取石榴裙。

武则天，名武曌，并州文水（今山西文水县）人，中国历史上唯一正统的女皇帝，后人常称呼其为"武则天、武媚娘"。"曌"字是武则天登基为皇帝后自创字之一，意为日月当空。

14岁的武曌进宫为才人，因为长相颇受唐太宗李世民的喜欢，所以被赐号为"武媚"，人称武媚娘。按照正常女子进宫之后的命运，武媚娘被赐号之后应该有所晋升，但是她做了12年的才人都没有被提升位分，也没有生育过孩子。与她一同进宫从才人做起的其他女子，位分大多数已经高于她了，所以那时候的武媚娘在宫中的日子并不是那么好过。但她没有灰心，而是时时想找机会表现自己。

一次，唐太宗得到一匹烈马，取名"狮子骢"，奇烈无比，

无人能驯。谈及此马，唐太宗叹息不已。而武媚娘则说："妾可以驯服此马，只要陛下赐予我三样东西，一铁鞭，二铁锤，三匕首。铁鞭击之不服，则以铁锤锤其首；又不服，则以匕首断其喉。马供人骑，若不能驯服，要它何用。"唐太宗听了也不禁夸奖她的胆略。

据传，唐太宗赐名之后，并不是不想接着加封她，只是有人向太宗说了一件关于袁天罡相面的事。贞观初年，唐太宗召袁天罡回京，当时任井火令的袁天罡回京途中观望风水，发现有王气（旧指象征帝王运数的祥瑞之气）在利州方向聚集，便去寻找。到达利州之后，武士彟（武媚娘的父亲）听说袁天罡擅长相面，便邀请他来到自己的府上。当时武媚娘尚在襁褓之中，穿着男孩服装。袁天罡看后说："龙瞳凤颈，极贵验也！"但又遗憾地说："必若是女，实不可窥测，后当为天下之主矣！"袁天罡的话让太宗心生忌惮，所以才对武媚娘态度有所冷淡，死前也不曾加封于她。

太宗病重，在众妃嫔都伤心不已时，武媚娘就开始为自己的以后铺路了——她在太子李治侍疾时，与其建立了感情。

唐太宗死后，武媚娘与部分没有孩子的妃嫔进入感业寺，出家为尼。两年的尼姑生涯并没有完全断掉武媚娘与唐高宗李治的关系，但新帝初登基，众多美女入宫，身为皇帝的李治在萧淑妃和王皇后等一众妃嫔的曲意逢迎之下，还能想起感业寺的武媚娘吗？就这样在皇帝面前销声匿迹，武媚娘自然是不愿意的。于是，就有了这首《如意娘》。

南朝梁王僧孺的《夜愁示诸宾》中有"谁知心眼乱，看朱忽成碧"这样的诗句。诗中言，正是因为心乱眼花才让痴情女子把红色看成绿色，《如意娘》中用同样的描写来形容痴情女子由于相思过度，魂不守舍，以至于红、绿不分。如今这般形容憔悴都是因为思念那个心上的人啊！"看朱成碧"，后来也因此成为诗人们的常用之语。例如，李白的"催弦拂柱与君饮，看朱成碧颜始红。"当然，也有说看碧成朱的，比如，辛弃疾的词里就有"倚栏看碧成朱，等闲褪了香袍粉"的句子。

"不信比来长下泪，开箱验取石榴裙"用这样像是赌气似的语气，好像在说，如果你不相信我因为思念你而留下的眼泪，那就看看我石榴裙上的斑斑泪痕吧。李白的《长相思》写"不信妾断肠，归来看取明镜前"用的也是这样的句式，让人读起来有一种"你怎么能不相信我，怎么能不相信我对你的思念"的感觉。一个高高在上的皇帝，面对曾经喜欢的女子这样情深意切的表述，如何能不心生怜惜？

李治为这首诗中所藏的感情感动。终于，永徽二年（公元651年），在王皇后的一番操作下，武媚娘得以还俗再次入宫。王皇后同意武媚娘入宫本意是想分担萧淑妃带给自己的压力，也就是分宠，没想到却为自己带来一个劲敌。当时，宫内的情况对王皇后来说并不乐观：自己一无所出，而萧淑妃已经有一子两女，并且李治那时候对王皇后也并没有多喜爱。既无帝宠，又无子女，王皇后自身的地位受到了威胁。为了分散李治在萧淑妃身上的宠爱，在发现李治对武媚娘有想法后，王皇后或是主动或是在李治的暗示下表示愿意接武媚娘进宫。

她或许是认为就算武媚娘再受宠也只能做一介宠妃，家族背景比不过自己，救她出感业寺又对她有恩，这样看来武媚娘也威胁不了自己的地位。但是，她怎么也没想到，萧淑妃没有做到的事情，武媚娘用了四年就做到了。

武媚娘入宫第二年即为李治生下一子，备受宠爱，被封为昭仪——从昭仪做起，到扳倒萧淑妃与王皇后，最终成为皇后，武媚娘只用了四年的时间。

李治在位时对武媚娘十分信赖，很多事情都交给她打理。他晚年所有的子女均是武媚娘所生，一方面可以看出李治与武媚娘的恩爱，另一方面也不难看出，武媚娘对李治的后宫掌控甚严。可以说因为武媚娘，李治给后人留下的争议也很多。很多分析都认为，李治并不算是一个长情的人，因为在武媚娘回宫前，虽然宫中妃嫔众多，但他也并没有专宠于谁。所以说武媚娘能从昭仪到皇后，凭借的大概也只有李治对她的信任和喜爱了。

有人说李治立武媚娘为后不过是为了对付长孙党，不可否认，确实有这个原因。但如果只是为了政治目的就不会继续对武媚娘信任有加。高宗后期，武媚娘势力日益庞大，李治也曾有过废黜她的想法。据说当时诏书已经写好，墨迹还没有干，武媚娘就出现在李治面前。至于她说了什么或做了什么，如今已无人知晓，但这纸诏书最终却是没有下达。

李治留给儿子——唐中宗李显的遗诏里写道："军国大事有不决者，取天后处分。"这足以表现出李治对武媚娘的信任和重视。

武媚娘爱李治吗？爱肯定是有的，但是这种爱里掺杂了太多别的东西，就好像现在的霸道总裁爱上邻家女孩的剧情。李治有着霸道总裁一样的身份，但对待感情的态度则像邻家女孩一样，为了爱情毫无保留。武媚娘则非常理智，她清楚地知道，爱情并不是她生存的主要意义。所以武媚娘在高宗死后，尤其是自己登基之后，身边也不乏薛怀义、沈南璆、张昌宗、张易之这样的一群人围绕在身边。这些人对于那时候的武媚娘来说，应该只是一种消遣，所以她才会要求死后与高宗李治合葬于一陵。"生同衾、死同穴"，是再明白不过的爱意表达了。

关于武媚娘的一生，一直以来争议不断。她的身上既有古代女子的才情、聪敏和隐忍，也有一个出色政治家该有的果断、智谋和大局观。人们常说，现代人去评论古代，很难跳出历史的局限性，对于武媚娘这样复杂的历史人物来说更是如此。武媚娘自己也应知道后世对她的一生争议颇多，所以，她立无字碑的最大意义大概就是"功过留与后人说"。

晁采　并蒂已看灵鹊报，倩郎早觅买花船

寄文茂

[唐]晁采

花笺制叶寄郎边，的的寻鱼为妾传。

并蒂已看灵鹊报，倩郎早觅买花船。

晁采，小字试莺，唐代宗大历（公元766年～779年）时人。在唐代的女诗人里，晁采不是文采最高的，知名度似乎也比不上鱼玄机、薛涛等人。但她却难得地拥有了鱼玄机等人苦求而不得的爱情。

晁采出生在一个书香世家，从小跟随在母亲身边长大。关于她的父亲，一说其在江北做地方官，常年与晁采母女二人异地而处。一说其幼年丧父，所以晁采的婚事由母亲全权做主。无论是哪种说法，结论都是晁采的家境很好，这些从她长大后所写的诗里可以看出一二。

晁采幼时就已有才名。据说，当时晁采在与母亲纳凉休息，有一尼姑来她家化缘，当时晁采正右手攀着园中的翠竹，左手

扇着绢扇，倚在园中的鱼池边欣赏着池里嬉戏的游鱼。

　　试想一下这个尼姑看见的场景：碧蓝的天空飘着几朵白云，微风拂过园中的垂柳，鱼池里的鱼正欢快地游来游去，扇着扇子的小女孩眉清目秀。也许是觉得鱼儿游得欢乐，晁采甚至还哼起了《竹枝小词》，声音犹如黄莺出谷初试啼声，清丽婉转，让人听之忘俗。尼姑直呼晁采是仙女下凡，又因为她的声音，直叫晁采为"试莺"。因为这个尼姑并没有固定居所，经常四处云游，加上她常向别人提起晁采的神韵，所以晁采的名声就这样传遍了江南一带。

　　晁母也是出身书香世家，礼教极严。虽然女儿的名声传遍江南后，很多人知道晁采才貌俱佳。但因为晁母的禁令，晁采基本不在人多的地方露面。那些仰慕晁采的文人少年们也只能凭空想象晁采的风姿，而没有接近她的机会。不得不说，晁母的禁令是对的，封建社会里，一个女子拥有这样的名声，带来的可能是旁人无尽的觊觎。

　　晁母虽然挡住了晁采出门的脚步，却没有挡住她向往外界的心。小的时候晁采与邻家的文茂甚是要好，这样的要好在二人渐渐长大成人后变成了爱情。但二人已经到了"男女授受不亲"的年纪，家中的长辈们是决不允许他们私下见面的。于是他们就只能通过晁采的侍女小云来互传书信，诉说心中的思念。

　　一日，窗外暴雨骤降，院中兰花被风雨吹打得左右摇晃。

晁采站在窗边，看着雨中的兰花，心中更是倍加伤感。自己虽然衣食无忧，但是却没办法左右自己的婚事，即使与文茂互相倾慕也还是无法言说。就如同这院中的兰花，美则美矣，遇见暴风雨却依旧无法保存自身的完好。于是一时郁结于心，写下一首七言绝句：

晚来扶病镜台前，无力梳头任鬓偏。

消瘦浑如江上柳，东风日日起还眠。

写成之后，她很想让文茂知道自己的心情，就让小云偷偷将诗给文茂送过去。

文茂拿到小云送来的诗笺，心中很是激动。他展开诗笺反复读着，晁采那为情所苦、神思倦怠、百无聊赖的形象跃然纸上。文茂此时也有着同样的心情，想着晁采现在的境况，文茂很想安慰她一下，也让她知道自己现在最大的愿望是什么。他立即提笔以诗作答：

旭日瞳瞳破晓霞，遥知妆罢下芳阶。

那能化作桐花凤，一嗅佳人白玉钗。

晁采收到诗后，也明白了文茂对她的情谊。于是冒雨来到院子前，采下十颗青莲子，包好后又写有一张素笺："吾怜子（莲子）也，欲使君知吾心苦耳！"

文茂慢慢品尝着晁采送来的莲子，满嘴的苦涩散尽之后似有一丝甘甜在嘴里化开，像是晁采在告诉他苦尽甘来的道理。

激动之下他站起身，却不小心将一颗莲子弹出窗外掉进一个水盆里。正当他想将莲子捡起时，一只喜鹊从屋檐上飞过，落下的粪便正好掉在这莲子上。文茂气愤不已，只得将这颗莲子倒进了院中的水池里。

过了一段时间，文茂家的水池里竟然长出了一朵莲花，那里正是在他倒水的地方，文茂开心不已。又过了一段时间，莲花开了，竟然还是一株并蒂莲花。一根茎上开着火红的两株并蒂莲花，微风吹过，两朵莲花互相摩擦，发出些微的响声，如同恋人间的低语。文茂惊喜之下，赶紧将此事写信告知给了晁采，晁采自然也是欣喜不已。并蒂莲开，这是多好的预兆啊。她找来茧纸，画上鲤鱼图案，在鱼腹中暗藏了这首《寄文茂》。

用精致华美的笺纸写了首诗，从字面意思来看，这封书信是通过鱼和大雁来传递的。古时候大雁南来北往，人们常用雁书来比作亲人的信件，而鱼则是那时候装载书信的"信封"。古乐府《饮马长城窟行》："客从远方来，遗我双鲤鱼，呼儿烹鲤鱼，中有尺素书。"双鲤鱼一般是一种木制的鱼形信函，中间可以一分为二，挖空的部分用来放信札。

"倩"这个字在现代多用在女子身上，但在古代却是男子的美称。《说文解字》中有："倩，士之美称也。"在晁采的心里，文茂就是她心中美好的男子形象。后一句与"有花堪折直须折，莫待无花空折枝"一样，虽然并蒂莲开给了二人一种美好的预兆，但没有成亲也代表了二人未来仍会有分开的可能。

因为晁母的严厉教导，二人并不能见面，只能用诗词相和来表述心中的思念。这个秋天，晁母需要到外地探视一个亲戚，因为路途较远，当夜不能回家。晁采知道这个消息后很是激动，这样的机会错过一次还不知道什么时候再有。她让小云把消息传给了文茂。

天色将明，文茂要回到自己的家中去了。晁采剪下自己的一段头发，对文茂说："好藏青丝，早结白首。"文茂含泪接过来，二人为将要到来的离别伤心得说不出话。这一次的相见只能让相爱的二人更加陷入对对方的思念中去，于是文茂和晁采就分别憔悴下去了。就是这个时候，晁采写下了著名的《子夜歌》：

> 侬既剪云鬓，郎亦分丝发。
>
> 觅向无人处，绾作同心结。
>
> 几上金猊静不焚，象床独卧对斜曛。
>
> 犀梳金镜人何处，半枕兰香空绿云。

晁采因为思念而日渐消瘦，抑郁成疾，这一切都被晁母看在眼里。于是她找来侍女小云，严加询问。小云见晁母似乎并无责备之意，便将小姐和文茂相知相爱之事和盘托出。晁母感叹道："才子佳人，自应有此。古人多有斩断儿女情思，令他们备受痛苦，我一定要成全他们。"于是晁母就托媒人去文家说和，文家自然是欣喜不已，于是有情人终成眷属。

婚后不久，文茂去京城考试，晁采将表述自己担忧思念的两首诗系在家中所养的白鹤足间，送给远在京城的文茂。

其一：

> 牖前细雨日啾啾，妾在闺中独自愁。
>
> 何事玉郎久别离，忘忧草树岂忘忧。

其二：

> 春风送雨过窗东，忽忆良人在客中。
>
> 安得妾身今似雨，也随风去与郎同。

文茂考试很顺利，很快就进士及第，不久就被授职为淮南道福山县尉。晁采也与他一同赴任，二人一辈子恩爱如初，被时人称赞为"并蒂莲开，佳偶天成"。

元稹　言辞雅措风流足，举止低回秀媚多

赠刘采春

[唐]元稹

新妆巧样画双蛾，谩里常州透额罗。

正面偷匀光滑笏，缓行轻踏破纹波。

言辞雅措风流足，举止低回秀媚多。

更有恼人肠断处，选词能唱望夫歌。

元稹，字微之，别字威明，唐朝著名诗人、文学家，河南府东都洛阳（今河南洛阳）人。元稹是历史上有名的大才子，曾与白居易共同倡导新乐府运动，世称为"元白"。虽然少有才名、机智过人，也曾经官至宰相，但更广为人津津乐道的就是他与薛涛和刘采春的故事了。

元稹家学渊源、世代为官，为北魏宗室鲜卑族拓跋部后裔。他的祖父和父亲都有过官职在身。元稹15岁的时候就已经参加过科举考试，以明两经擢第，崭露头角。虽然15岁及第，但那时候元稹一直没有官做，闲居在京，每日读书，并写了大量的诗。

遇到刘采春的时候元稹已经经历了发妻韦丛之死、新纳侧室安仙嫔的亡故，并且也官至监察御史。成为监察御史没多久，元稹就在上司山南西道节度使权德舆的介绍下，娶涪州刺史裴郧之女裴淑为妻。婚后，元稹的工作总是频繁调动，没办法陪在裴淑身边，因此裴淑经常以泪洗面，诉说对丈夫的思念。

元稹还曾写诗安慰裴淑："穷冬到乡国，正岁别京华。自恨风尘眼，常看远地花。碧幢还照曜，红粉莫咨嗟。嫁得浮云婿，相随即是家。"已经三次娶妻的元稹，对裴淑也许已经没有了像对前两任妻子那样的柔情，所以连写的诗都带着敷衍。

虽然也曾写诗安慰妻子，但妻子的泪水也并没有阻止元稹与其他女性交流往来。之前在蜀地做官的元稹，对薛涛仰慕已久，所以特意约薛涛在梓州见面。当时的元稹刚刚31岁，正是精力充沛、意气风发的年纪。元薛二人一见如故，谈诗论政，交谈十分默契。与元稹的初恋双文一样，薛涛这样的身份对于元稹的仕途还是毫无帮助，甚至会有污名，所以薛涛也注定只是元稹生命里的一个过客。

元稹办完地方的事务又准备回京了，这个时候他已经在"冷处理"和薛涛的关系了。就在这时，他又遇见了"著名歌手"刘采春。

刘采春是越州人，她的丈夫周季崇是有名的伶人，擅长参军戏（有点类似于现在的相声，一个演员在台上揶揄戏耍，另一个人逗观众笑，后来也有多人合演）。她除了参军戏演得好，还尤其擅长唱歌。她的《望夫歌》系列红遍江南，可以说无人不知无人不晓——时人评价说：刘采春的歌声一起，"闺妇、行人莫不涟泣"。

当时的江南，商业颇为发达。男人们忙于赚钱，多半要经常在外奔波，而古代女子结婚之后又没有什么消遣，所以空闺寂寞的商人妇比比皆是。刘采春的《望夫歌》有一首曰：

> 莫作商人妇，金钗当卜钱。
>
> 朝朝江口望，错认几人船。

这首歌唱出了那些空闺怨妇的等待和哀怨，所以刘采春这样的"女性代言人"理所当然备受追捧，一时风头无两，名声大噪。

元稹在观众里听过一次刘采春的"曲"，霎时就被"声若莺啼"、年轻貌美的刘采春吸引，当即对她大加赞赏，他甚至还以粉丝般的心态为刘采春写了一篇极具深情的评论文章。刘采春对于身具才子之名的元稹也是非常欣赏。

虽然两人已经互相有了好感，但刘采春当时不仅有丈夫还有两个孩子，元稹想要和刘采春在一起难度还是不小的。据说元稹给了刘采春丈夫周季崇一笔钱，从他身边买走了刘采春。先不说周季崇愿意与否，当时的社会唱戏的人身份本来就很低，而元稹身为朝廷命官，是威逼也好，利诱也罢，都没有给周季崇发表自己意见的机会。而刘采春对当时的元稹也是颇为动心，所以就从周季崇身边来到了元稹的身边。

作为一个大才子，元稹也喜欢给自己中意的女子写诗，刘采春当然也不例外，这首《赠刘采春》就是写于这时。刘采春的样貌让见惯美女的元稹不住赞赏，再加上总是在外演出，刘采春的妆容和服饰都是引领潮流的，走路也是轻行慢踏，裙角的水波纹随着莲步轻移而动，每一步都像是踏在元稹的心上。因为常年在外表演，刘采春说话风趣又很有情趣，元稹这时候对刘采春的喜爱就像现代社会中的粉丝对于偶像的仰慕。但和别的喜欢刘采春的人不同的是，元稹和刘采春真的在一起了，偶像光环之下，刘采春的一颦一笑都满是魅力，更别提她还有一副好嗓子，能婉转低回地唱那首《望夫歌》了。

这样的美好景象也只是昙花一现，因为对于看中仕途的元稹来说，一个已经得到的女子是不能和自己的官位相比较的。大千世界美女何其多，能与刘采春在一起七年，对于元稹来说已经非常难得了。七年之后，元稹官位有所上升，他又纳了一个妾。刘采春为此心灰意冷，随即黯然神伤地离开了元稹。

刘采春离开元稹之后的行踪成谜，有人说她后来投河自尽，也有人说她又回到原来的丈夫周季崇身边。但无论如何，这样一个现代人眼中的"古代版大明星"，因为遇见元稹而过早地结束了自己的艺术生涯，最后竟然连下落都不为人知，多么令人惋惜啊！和当初万人追捧的境况相比，不得不让人感叹。对于古代的男子来说，追求一个女子，厌恶之后便抛弃，也许只落得旁人一句"德行有亏"，但对这个女子而言，为这段感情付出的可能就是生命了。

在抛弃刘采春的第二年七月，元稹疑似因为服食丹药中毒，暴毙于武昌军节度使任所，终年53岁。

世人对于元稹的评价一直毁誉参半，若说有才，是真的有才，但在感情上也实在是负心人的代表了。陈寅恪先生在提及元稹时这样说："微之因当时社会一部分尚沿袭北朝以来重门第婚姻之旧风，故亦利用之，而乐于去旧就新，名实兼得。然则微之乘此社会不同之道德标准及习俗并存杂用之时，自私自利。综其一生行迹，巧宦固不待言，而巧婚尤为可恶也。岂其多情哉？实多诈而已矣。"

钱镠　陌上花开，可缓缓归矣

陌上花

［宋］苏轼

游九仙山，闻里中儿歌陌上花，父老云，吴越王妃每岁春必归临安，王以书遗妃曰："陌上花开，可缓缓归矣。"吴人用其语为歌，含思宛转，听之凄然。而其词鄙野，为易之云。

陌上花开蝴蝶飞，江山犹是昔人非。

遗民几度垂垂老，游女长歌缓缓归。

苏轼字子瞻，又字和仲，号铁冠道人、东坡居士，世称苏东坡、苏仙，眉州眉山（今属四川省眉山市）人，祖籍河北栾城。他是北宋著名文学家、书法家、画家，文学成就很高，是唐宋八大家之一。

这首诗是苏轼在游九仙山时，听到当地儿歌《陌上花》有感而写。当地的父老乡亲说，吴越王妃每年春天的时候都要回临安，吴越王钱镠派人送信给王妃说："田间小路上的花都开了，你回来的时候可以慢慢看。"吴人就将这些话编成歌，所含情思婉转动人，听了使人心情凄凉黯然。

这里面提到的吴越王叫钱镠，小字婆留，杭州临安人，是五代十国时期吴越国的创建者。他在位41年，虽然领土面积只有两浙十三州，但因其采取保境安民的政策，所以经济繁荣、文士荟萃。钱镠因而深受百姓爱戴，被称为"海龙王"。

相传钱镠刚出生时天降红光，而且相貌丑陋，他的父亲钱宽认为他很不祥，想要将他丢到屋后的井里。但他的祖母觉得他很可怜，就阻止了他的父亲，所以钱镠的乳名就取做"婆留"，意思是"阿婆留下了他的性命"，后来这口井也被称为"婆留井"。

等到他稍微长大一点之后，有一段时间整日不务正业，常与临安县录事钟起的几个儿子一起喝酒，钟起为此很不高兴。后来因为有相士说钱镠面有王气，并说以后钟起的富贵就靠钱镠了，所以此后钟起就再也没干涉过儿子与钱镠一起玩了。

钱镠自幼习武，擅长射箭，在20岁的时候就已经成为将领董昌的偏将，之后一路晋升。后来因为董昌在越州自立为帝，惹怒了唐昭宗，因此就下令让钱镠讨伐董昌。钱镠将董昌打败后就被唐昭宗任命为越王，之后又不断被加封，直到公元923年被封为吴越国王，设百官，一切按照皇帝的规格。

历史上对钱镠的评价很高。他在位期间为两浙百姓做了很多实事，而且他本人也比较愿意听取"忠言"，整个国家呈现出一派安静祥和之气。与众多的皇帝相比，钱氏家族一直源远流长，繁衍至今，比较著名的后人有钱学森、钱大昕、钱钟书和钱以琛等。据史书记载，钱镠共有三十八子，可谓家族庞大。

发妻庄穆夫人吴氏，安国县人，她的父亲吴仲忻担任浙西观察判官，累赠吏部尚书。《十国春秋》记载，最开始钱镠想要和吴氏议亲，吴仲忻家的人一致认为，此人虽然豁达大度，但不事生产，所以都不同意这门亲事。但是好在吴氏自己很有主见，她找人去考察了一下钱镠的人品，最终才成就一段美满的婚姻。

吴氏在未出嫁时就是乡里出名的贤淑之女，在其父亲的培养下，虽然算不上才女，但也是贤良淑德。与钱镠成亲后，她也随着钱镠四处奔波，吃了不少苦。那时候的二人虽然生活不安稳，但感情极好。后来随着钱镠职位的升高，即使身边又有了不少妾室，但对于结发之妻，钱镠仍然很是爱重。

钱镠有个很宠爱的妾室郑氏，当时她的父亲犯了死罪，很多人为她的父亲求情。钱镠却说："岂能因一妇人而乱我法度。"之后便将郑氏休掉，并按律将她的父亲斩首。虽然对于妾室这般铁面无私，但钱镠对吴氏却是真的在意。当时，吴氏经常回娘家看望父母，但从临安到郎碧要翻一座山岭，而且山岭的两边一边是陡峭的山峰，另一边则是湍急的溪流。钱镠担心吴氏行走不方便，就专门拨出银子，派人前去铺石修路，并在路旁加设很多栏杆。后来，这座山岭就改名为"栏杆岭"了。

这一年，吴氏和往年一样回乡去看望双亲，钱镠虽然很是惦记，但并没有催促她回来，以免打扰她与父母的相聚。但时间一长，已经到春末了，田边小路上的花都已经开了。钱镠看着路边开的色彩缤纷的小花，就给吴氏写信说："陌上花开，可缓缓归矣。"意思是说：田边的花都已经开好了，你在回来的路上可以慢慢看了。据说吴氏收到这封信后很受感动，说："王素不知书，竟有此语，实真心也。"

"王素不知书"这句话其实是颇存疑的，因为据史料记载，钱镠绝不是"不知书"的人，所以重点应该在后一句"实真心也"上。一个已经是皇帝的人，因为担心探亲的妻子归来时的安全，所以只在信里说一句：可缓缓归矣。好像是说，虽然我很想你，但是我不着急，你回来的时候可以慢慢地欣赏田间的花。有人说作为一个皇帝，能写出这样的诗句，真的是看一眼就能体会到这藏也藏不住的深情。

苏东坡的诗通过描写吴越王妃春归临安的情景，写出了对江山更迭、岁月流逝的感叹。世人所在意的虚名浮利皆如同草头露、陌上花，转瞬即逝，但对于吴氏来讲，给予她的诗句可以没有那么多大道理，一句"陌上花开，可缓缓归矣"就足够了。

李之仪　只愿君心似我心，定不负相思意

卜算子·我住长江头

[宋]李之仪

我住长江头，君住长江尾。日日思君不见君，共饮长江水。

此水几时休，此恨何时已。只愿君心似我心，定不负相思意。

李之仪，北宋词人，字端叔，自号姑溪居士、姑溪老农。他是北宋中后期"苏门"文人的重要成员，早年师从于范仲淹之子范纯仁。

李之仪前半生虽然官职不高，但为官也算清贤。他对填词有自己的观点，曾说："长短句于遣词中最为难工，自有一种风格。稍不如格，便觉龃龉。"他也曾批评柳永"韵终不胜"和张先"才不足而情有余"，主张像晏殊、欧阳修那样"语尽而意不尽，意尽而情不尽"。他认为在自己的作品中，《卜算子·我住长江头》便达到了这个要求。

古代社会有一个很有趣的现象，因为推崇"女子无才便是

德"，所以，所谓的"贤妻良母"大抵是无才的，而文人雅士们的红颜知己，大都是青楼名妓。

这首诗里的太平州杨姝就是一个天生丽质且爱憎分明的女子。虽然当时只有13岁，但是她的琴技已经非常高超了。当时，"苏门四学士"之一的黄庭坚被贬到太平州任太守，杨姝就为他的遭遇抱不平，弹了一首古曲《履霜操》：

履朝霜兮采晨寒，考不明其心兮听谗言。孤恩别离兮摧肺肝。

何辜皇天兮遭斯愆，痛殁不同兮恩有偏，谁说顾兮知我冤。

《履霜操》本意是讲尹吉甫之子伯奇无罪，但却因为继母的谗言而被父亲放逐。就在被赶出的这天早晨就路上的晨霜，写成了琴曲《履霜操》。听到杨姝弹琴，黄庭坚追忆往昔，悲从中生，老泪纵横，于是就给她写了一首词《好事近·太平州小妓杨姝弹琴送酒》：

一弄醒心弦，情在两山斜叠。弹到古人愁处，有真珠承睫。

使君来去本无心，休泪界红颊。自恨老来憎酒，负十分金叶。

此词写杨姝咏琴劝酒，而黄庭坚因"老来憎酒"，辜负了杨姝的美意。后来黄庭坚还写了一首七绝赠给杨姝：

千古人心指下传，杨姝烟月过年年。

不知心向谁边切，弹尽松风欲断弦。

就是这样才艺双绝，又善解人意的杨姝，后来也以一曲《履霜操》打动了因得罪权贵蔡京而被除名的李之仪。

李之仪当时身为枢密院编修，因给前任宰相范纯仁写传记，得罪了当时的宰相蔡京，所以被罢了官，流放到了太平州。在太平州的前四年里，先是儿媳、女儿及儿子相继去世，接着，与他相濡以沫四十年的夫人胡淑修也撒手人寰，他自己也"癣疮被体"，事业受到沉重打击。家人连遭不幸，可以说李之仪一下跌落到了人生的谷底。

当时的李之仪经常徘徊于姑溪河畔，寄情于山水间，就是在这样"老益无聊"的情况下遇见了杨姝。听完杨姝的《履霜操》之后，李之仪激动地以一首《清平乐·听杨姝琴》词相赠：

殷勤仙友，劝我干杯酒。一曲《履霜》谁与奏？邂逅麻姑妙手。

坐来休叹尘劳，相逢难似今朝。不待亲移玉指，自然痒处都消。

之后的日子里，李之仪与杨姝经常往来，常"以诗文自娱"，并将杨姝视为知己。二人常常相伴同行，并以"一编一壶，放怀诗酒，觞咏终日"。杨姝柔情似水，知冷知暖，给了李之仪无微不至的关爱和照顾。而李之仪也感念杨姝的体贴温柔，欣赏杨姝的琴艺，最终两人结为百年之好。

这一年，李之仪和杨姝在长江畔游玩，奔流不息的长江水令李之仪触景生情，一时有感而发，写下了这首《卜算子·我住长江头》，没想到竟成了千古绝唱。

"我住长江头，君住长江尾"这种偏于乐府诗风格，朗朗上口的起句，似乎只是在陈述一个事实，"我住长江上游，你住长江尾底。"一个住江头，一个住江尾，在车马不发达的古代，这样的距离已经是很难跨越的了，与下文相思之悠长暗和。

如此想念却不能朝夕相见，如此绵长的思念在双方的心里比长江还要长。在这无可排解的思念里，同饮一江水好像也能成为一种心理慰藉。这种空间上的距离，可与"我生君未生，君生我已老"这种时间上的差距相比较，因为皆是不可抗力造成的相知者无法相守。

词中有无奈，有遗憾，更多的是彼此不舍的思念。似乎也只有在通讯不发达的古代才能酝酿出这样的情思，想念却不能相见，甚至于彼此的音信也要很久才能收到。于是，古人们习惯于寄情于物来表述自己的思念。

李之仪虽然经受了巨大的不幸，但好在还有杨姝的陪伴，让他"老有所慰"。两人之间的感情日益深厚，在他70岁时，杨姝生下一个儿子。老来得子的李之仪欣喜若狂，给儿子取名为李尧光，疼宠不已。后来，因为自己遇赦复官，受到了朝廷的恩典，这个孩子也因此得到了荫封。复官后的李之仪平日里读书填词，杨姝就操持家务，相夫教子，一家人其乐融融，生活得很是平静幸福。

当时李之仪为朋友写墓志铭称"姑孰之溪，其流有二，一清一浊。"因为之前与诗人郭功甫有仇，所以被郭功甫认定是在影射自己，于是含恨在心。正巧蔡京再次复出为相，郭功甫知道蔡京对李之仪不满，就唆使当地一个姓吉的富豪告发李之仪，说杨姝所生孩子是他的，李之仪冒领朝廷恩典。因为蔡京从中作梗，最后竟然告准了。李之仪被除名不说，杨姝也受到了杖决，被打得遍体鳞伤，高烧不止。

据说，郭功甫见杨姝挨打、李之仪被除名不仅幸灾乐祸，还写了一首打油诗讽刺这对可怜人：

　　七十余岁老朝郎，曾向元祐说文章。

　　如今白首归田后，却与杨姝洗杖疮。

患难见真情，李之仪并没有在意，而是对杨姝一往情深，并再次为杨姝作词声明：

　　玉室金堂不动尘，林梢绿遍已无春。

　　清和佳思一番新，道骨仙风云外侣。

　　烟鬟雾鬓月边人，何妨沉醉到黄昏。

数年之后，李之仪的外甥林彦政和门人吴可思为李之仪和杨姝洗清了冤屈，终于还二人清白。随即，李之仪被调往唐州任职，最后官阶至朝议大夫。

　　李之仪在80岁时因病去世，杨姝与儿子李尧光按照李之仪的遗愿，将他安葬在当涂藏的云山麓致雨峰下，圆了他"一廛尚冀容此老，与君（李白）朽骨分东西"的愿望。

李清照　笑语檀郎：今夜纱厨枕簟凉

丑奴儿

［宋］李清照

晚来一阵风兼雨，洗尽炎光。理罢笙簧，却对菱花淡淡妆。

绛绡缕薄冰肌莹，雪腻酥香。笑语檀郎：今夜纱厨枕簟凉。

李清照号易安居士，齐州济南（今山东省济南市章丘区）人，宋代女词人，婉约词派代表，有"千古第一才女"之称。她所写诗词大多与自身境遇有关，前期多是描写悠闲的生活，后期则更多的是感叹身世。她很少用华丽繁复的描写，主要以白描手法见长，崇尚典雅，提出词"别是一家"之说。

李清照在词上取得那么高的成就，与她的家庭氛围是分不开的。她的父亲李格非是进士出身，苏轼的学生，官至提点刑狱、礼部员外郎。母亲是状元王拱宸的孙女，文学素养也很高。在这样文学气息浓厚的家庭长大，少年时期李清照就已颇有才名，写出"绣面芙蓉一笑开，斜飞宝鸭衬香腮。眼波才动被人猜。一面风情深有韵，半笺娇恨寄幽怀，月移花影约重来"这样的诗句。

"斜飞宝鸭"说的是当时最流行的一种发髻，读完这首诗，一个容颜娇俏、天真活泼的少女形象跃然于纸上。

良好的家境和家庭氛围培养出来的李清照，颇有"少年不识愁滋味"之感，那时候她的词大多是描写日常无忧无虑的生活，还有偶尔淡淡的闺阁寂寞与好奇期待。

蹴罢秋千，起来慵整纤纤手。露浓花瘦，薄汗轻衣透。

见客入来，袜刬金钗溜。和羞走，倚门回首，却把青梅嗅。

在与赵明诚成婚的前一年，李清照写出了那首著名的《如梦令》：

昨夜雨疏风骤，浓睡不消残酒。

试问卷帘人，却道海棠依旧。

知否，知否，应是绿肥红瘦。

此词一出，便轰动了整个京师，"当时文士莫不击节称赏，未有能道之者"。

这样无忧无虑的时光一直持续到李清照与赵明诚成婚之后，两人不仅门当户对、郎才女貌，还志趣相投。虽然两家都算是官宦之后，但"赵、李族寒，素贫俭"，除了生活有些清贫之外，两人的婚后生活还是可以用幸福美好来形容的。

李清照多才多艺，她不止一次在词里写自己会弹琴，《浣溪沙》中就有一句"重帘未卷影沉沉。倚楼无语理瑶琴"。弹完一曲还要对镜上妆，女人在面对心爱男人的时候，总是想表现出最美好的一面，女为悦己者容是不变的真理。最后两句不仅写出了当时的衣着妆容，也表现了李清照对自己的自信，以及二人之间深厚甜蜜的情意。

也正是这首词被宋代理学家们拿来当作李清照"不守妇道"的罪证。不难想象，在那些号称"饿死事小，失节事大"的老学究眼里，写出这样的词的李清照是多么的大胆、放肆和不知羞耻。当时，有一个叫王灼的学者就这样骂过李清照，然而，有意思的是，王灼虽然看不惯李清照的这首诗，但对她的才华却很是服气，评价她"自少年即有诗名，才力华赡，逼近前辈。"又曰："易安居士作长短句，能曲折尽人意，轻发尖新，姿态百生。"

以上足以见得，即使是在妇德极其苛刻的时代，李清照的才华也让那些老学究无话可说。

那时候李清照的词充满了向新婚丈夫撒娇的小女儿姿态，买了一枝花还要赵明诚比较一下，到底是花美还是人娇。

卖花担上，买得一枝春欲放。泪染轻匀，犹带彤霞晓露痕。

怕郎猜道，奴面不如花面好。云鬓斜簪，徒要教郎比并看。

李清照在一篇散文《金石录后序》中记录了他们婚后的生活场景。那时，他们常常在吃过晚饭之后，沏上一壶茶，两人背书猜句。李清照经常得胜，却总是在举杯饮茶时，因为笑得太过开心，不小心将茶水打翻——几百年后，清代的纳兰容若曾将这一幕化作一句诗——"赌书消得泼茶香。"

赵明诚何其有幸娶得才貌双全的李清照为妻；李清照又何其有幸嫁给了赵明诚，在那个礼教严苛的时代，最大限度地呵护了李清照的任性和兴趣爱好，没让一代才女的才华淹没在婚后的柴米油盐里。

但是这样琴瑟和鸣的生活只维持了不到一年，李清照与赵明诚成亲后第二年（公元1102年），因为朝廷的新旧党争，政权更迭，她的父亲李格非被罢官。不到一年的时间这种党争竟然波及了李清照身上，因为"宗室不得与元祐奸党子孙为婚姻"和"夏（公元1103年），四月，甲辰朔，尚书省勘会党人子弟，不问有官无官，并令在外居住，不得擅自到阙下"这样的政令，李清照只得只身离京，投奔被遣回原籍的父亲。

也是这个时候，李清照因为思念分离两地的赵明诚，写下了《一剪梅·红藕香残玉簟秋》：

红藕香残玉簟秋。轻解罗裳，独上兰舟。

云中谁寄锦书来，雁字回时，月满西楼。

花自飘零水自流。一种相思，两处闲愁。

此情无计可消除，才下眉头，却上心头。

与赵明诚两地分隔两年多以后（公元1106年），李清照才跟随得到平反的父亲回到汴京，并与赵明诚团聚。时局动荡变换，到汴京一年左右，赵明诚一家却因为蔡京复相受到诬陷，只能搬出汴京，带着李清照回到青州。

李清照与赵明诚将他们的房子命名为"归来堂"，李清照自号"易安居士"。在这个相比汴京偏僻却宁静的"归来堂"里，李清照与赵明诚虽然没有了在汴京时的优渥生活，却得到了一生中少有的平静日子。他们将时间都花在了搜求金石古籍、诗词创作之上，十年之后，在李清照的帮助下，赵明诚大体完成了《金石录》的写作。

那时，他们的生活虽然清贫，却还算安稳。如果不是时局动荡，也许赵明诚还能继续稳妥地做一个不大不小的官，回家后就与李清照弹弹琴、对对词。但是，腐朽的南宋朝廷在金国铁骑面前土崩瓦解，李清照夫妻也开始了颠沛流离的生活。

建炎三年（公元1129年）二月，赵明诚罢守江宁。三月与李清照"具舟上芜湖，入姑孰，将卜居赣水上"（《金石录后序》）。船过乌江时，李清照写下了《夏日绝句》对南宋统治者进行讽刺：

> 生当作人杰，死亦为鬼雄。
>
> 至今思项羽，不肯过江东。

不幸的是，因为身染疾病，赵明诚在八月十八日卒于建康。

赵明诚去世之后李清照写文祭之，文曰："白日正中，叹庞翁之机捷；坚城自堕，怜杞妇之悲深。"李清照的生活变得更加悲苦了，在南逃的途中，为了表示对宋朝廷的支持，李清照想将之前与赵明诚收集的金石古董捐献给朝廷，可这个时候早已经国将不国，捐献无门了。以宋高宗赵构为首的朝廷官员为了躲避金人的追捕，长期游荡于海上。

经历了一段时间的逃亡生涯，李清照的古董已经损失大半，心灰意冷之下，她嫁给了第二任丈夫张汝舟。虽然张汝舟开始对李清照也很好，但没过多久就原形毕露，他与李清照成亲就是为了她的古董，李清照不给，他就对李清照拳脚相加。但他低估了李清照的骨气，李清照绝对是"宁为玉碎，不为瓦全"的人，她决定举报张汝舟科考作弊。

但在当时的社会背景下，妻告夫的话，无论丈夫是否真的有罪，妻子都要坐牢三年。因此，张汝舟被判刑后，李清照也被收监。幸好当时有朋友为她疏通关系，她只坐了九天牢就被放了出来。

至此，李清照再也无意于婚嫁，生活的凄苦让她写下了那首名动千古的《声声慢》：

寻寻觅觅，冷冷清清，凄凄惨惨戚戚。乍暖还寒时候，最难将息。

三杯两盏淡酒，怎敌他、晚来风急？雁过也，正伤心，却是旧时相识。

满地黄花堆积。憔悴损，如今有谁堪摘？守着窗儿，独自怎生得黑？

　　梧桐更兼细雨，到黄昏、点点滴滴。这次第，怎一个愁字了得！

　　这位千古公认的第一才女就这样在愁苦之中过完了一生，终年71岁。

刘翠翠　我愿东君勤用意，早移花木向阳栽

和金生

[元] 刘翠翠

平生每恨祝英台，凄抱何为不早开？

我愿东君勤用意，早移花木向阳栽。

刘翠翠，元末淮安人。刘翠翠并不算是一个才女，只是自小喜好读书，她的父母也很开明，看她年纪尚小，就允许她去上私塾。

当时私塾里有一个孩子名叫金定，与刘翠翠家是邻居，他们两个年龄一样，又一起上学，一直玩得很好。同学们总是拿他们两个人起哄说"同岁者当结为夫妻"。刘翠翠面对这样的玩笑总是羞红了脸，不去理会。直到有一天，金定给了她一张纸条，上面是一首诗：

十二阑干七宝台，春风到处艳阳开。

东园桃树西园柳，何不移来一处栽？

这样的话已经不是在试探了，而是明目张胆地在问，"你可

愿意与我一起?"刘翠翠平时虽然害羞,但也不是那种忸怩作态的女子,她很快回给金定一首诗:

> 平生每恨祝英台,情抱何为不早开?
>
> 我愿东君勤用意,早移花木向阳栽。

也是在直白地告诉金定,读到梁祝故事的时候,我总是怨恨祝英台为什么不早些告诉梁山伯自己的情谊,如果早说出来是不是二人就没有遗憾了呢?我不希望这样,所以如果我们两人是分处不同院子里的树,希望你能早点把我这棵移到你那里去。

面对这样直爽的回复,金定高兴不已。二人平日里相处也更加亲近。但刘翠翠长大一点之后,出于男女授受不亲的考虑,她的父母不再让她读书,因此,她与金定平日里很难见到了。刘翠翠长大之后容貌颇佳,上门来说亲的人很多,每当父母问询刘翠翠意见的时候,她总是摇头,露出很难过的样子,最后连饭也无心去吃。她的母亲非常担心,很想知道女儿到底是怎么想的。

刘翠翠开始不肯说,后来母亲问得急了,她才说:"西家有个金定,我与他已经私订终身,如果父亲母亲不答应,我也不会嫁给别人,大不了出家去了。"她的母亲看她态度很是坚定,就同意了他们的亲事。但因为金家比较贫苦,刘翠翠的父母有意招赘,金定为了能与刘翠翠在一起也满口答应。良辰吉日选好了,女婿也进了门,刘翠翠和金定终于能在一起了,二人欣喜不已。

新婚之夜，两人想到发生的这一切，从书斋定情到终于成亲，都是激动不已。刘翠翠作诗一首赠予金定：

曾向书斋同笔砚，故人今作新人。洞房花烛十分春。汗沾蝴蝶粉，身惹麝香尘。

翻雨尤云浑未惯，枕边眉黛羞颦。轻怜痛惜莫嫌频。愿郎从此始，日近日相亲。

金定依韵相和道：

记得书斋同讲习，新人不是他人。扁舟来访武陵春。仙居邻紫府，人世隔红尘。

誓海盟山心已许，几番浅笑深颦，向人犹自语频频。意中无别意，亲后有谁亲。

有情人终成眷属，本以为从此他们能一直过着平静而幸福的生活，但好景不长，这份幸福很快被打破了。二人成婚不到一年，张士诚兄弟在高邮起兵叛元，战火也波及了淮东诸郡。刘翠翠因为貌美，被张士诚部将李虎山掳走，从此再无音信。一直到元顺正末年，经过和谈，张士诚又向元朝纳款称臣。战争暂时结束了，但刘翠翠依旧没有消息。

金定决定去找刘翠翠，他辞别了父母，踏上了遥不可知的路途。刘翠翠作为一介小小的女子，自然不会有人知道她的下落，但是可以打听到的是，掳走她的李虎山已经被张士诚封为将军，镇守湖州，金定只好先奔赴湖州。山高路远，从家里带出来的盘缠很快就所剩不多，金定只好白天靠乞讨填饱肚子，晚上找些破庙、桥头安身，只要有一口饭吃，就继续奔赴湖州。

一路上披星戴月、风餐露宿，金定终于到了湖州。经过多番打听，他来到了李虎山的府上，望着李府高大的府门，金定在外徘徊了许久，始终不敢进去叩门。他的异样被守门人发现，在被询问的时候，金定告诉守门人，自己是淮安人，家中有一妹妹，在战乱中失踪。后来打听到是在李将军府里，因为无法确认消息的准确性，所以不敢前来敲门求见。然后又补充说，自己名叫金定，妹妹叫刘翠翠，能识字会读书，当年失踪时是17岁，现在应该已经24岁了。

虽然外宅男丁没有机会进入内宅，但府内的夫人小姐们也有出门的时候，所以名字什么的也不算太大的秘密。守门人知道府内确实有一刘氏是淮安人，能识字且性情慧巧，李将军很是喜欢她。于是就让金定在门外稍等，他进去通报一声。

恰巧李将军在府内，听守门人通报说有一人是刘氏的兄长，便叫金定进去回话。金定见到李虎山，明知这是与自己有夺妻之恨的男人，但还是要向他行礼，并笑脸相迎回答他的问题，心中酸楚不可言说。李虎山问了几个关于刘翠翠的问题，见金定都能答上，心中已经相信大半，于是叫人将刘翠翠叫出来。

刘翠翠听闻兄长从家乡寻来，心中很是怀疑，自己并无兄长，家中能出门寻找自己的只有金定。她按捺住自己激动的心情，从内室出来。

多年未见的二人见面后四目相对，眼泪止不住地流。这样的场面更让李虎山相信，金定只是刘翠翠的兄长。在知道金定能读会写，算是一介书生之后，更是将金定留在自己身边当了记室——也就是现在的秘书。就这样，金定留在了李府，每天处理文书，把手里的事情处理得井井有条，又因为性格平和，与周围人相处融洽，大家对他颇为称赞。

白天总有很多事情做，时间还好过一点。每到夜晚，想到刘翠翠与李虎山共处一室，金定的心里就犹如刀绞，又恨又气，只叹自己百无一用是书生，救不了妻子。天气渐渐凉了，金定自从上次进府后就再没见过刘翠翠。他辗转反侧难以入睡，迫切地想要让刘翠翠知道自己此时的心情。于是他准备了一件冬衣，用钱贿赂了一个小奴，说是马上冬天了，想让妹妹为自己剪裁一下。那个小奴并不以为意，收了钱就将衣服送了进去。

刘翠翠收到衣服很是惊讶，联想到小奴说裁剪冬衣，拆开才发现里面有金定写的一首诗：

好花移入玉阑干，春色无缘得再看。

乐处岂知愁处苦，别时虽易见时难！

何年塞上重归马？此夜庭中独舞鸾。

雾阁云烟深几许，可怜辜负月团圆。

刘翠翠看见了这首诗伤心不已，却连哭泣都不敢发出声音。她不敢去想这几年金定是如何过的，又是如何历经千辛万苦来找自己，可惜就算找到也只能这样夫妻不得相见。她忍不住提笔回了一首诗给金定：

一自乡关动战锋，旧愁新恨几重重！

肠虽已断情难断，生不相从死亦从。

长使德言藏破镜，终教子建赋游龙。

绿珠碧玉心中事，今日谁知也到侬！

金定收到信之后，知道夫妻二人活着的时候无望团聚，便觉得再也生无可恋，很快就病得奄奄一息了。刘翠翠禀告李虎山之后便来到了金定病床前，金定望着刘翠翠的脸，似有万语千言，却最终只是长叹一声，溘然长逝。

李虎山感于金定平日里的功劳，将他厚葬在城南道场山麓。刘翠翠想到金定为了自己客死异乡，只能一人葬于荒山，心中悲痛不已，日日啼哭，不出月余竟也病重不起了。她哭泣着对李虎山说："妾弃家相从，已历八年。流离外乡，举目无亲。只有这一个哥哥，已经先我而去。我的病不能好了，死后将我埋在兄长墓旁，黄泉路上也能有所依托。"不久，刘翠翠就病死了。

　　李虎山念及往日里的情谊，就依照刘翠翠所言，将她葬在金定墓旁，当地人将之称为"兄妹坟"。刘翠翠和金定这一对苦命的夫妻，生不能同寝，死后能比邻而居，也算是圆了二人不能相守的梦。

陈子龙　始知昨夜红楼梦，身在桃花万树中

春日早起

[明]陈子龙

独起凭栏对晓风，满溪春水小桥东。

始知昨夜红楼梦，身在桃花万树中。

陈子龙，明末官员，诗人、词人、散文家。陈子龙于万历三十六年（公元1608年）出生于南直隶松江华亭（今上海市松江区），初名介，后改名子龙。他的诗词成就较高，为云间诗派首席，被后代众多著名词评家誉为"明代第一词人"。

陈子龙的父亲陈所闻是万历四十七年（公元1619年）的进士，官至刑、工两部侍郎。陈子龙出生以后被起名叫"介"，后来他的母亲告诉父亲陈所闻，陈子龙出生那天晚上她梦见墙壁上有龙，"蜿蜒有光"，于是他就被改名为"子龙"。

陈子龙小的时候很是调皮，直到5岁时，母亲去世，他备受打击，于是开始努力学习。从16岁开始参加童子试，到中"秀才"，他连考三年才考中。当时奸臣魏忠贤当道，陈所闻

托病在家，每日闲暇之余就是教导陈子龙。到天启六年（公元1626年），陈子龙补松江府学生员，但后来陈所闻因病去世，他就在家守孝，期间博览群书，尤其致力于诗词研究。

守孝期满后，21岁的陈子龙与湖广宝庆府邵阳知县张轨端的女儿结为夫妻。第二年，正逢夏允彝、杜麟征二人在松江组织"几社"，陈子龙也去参加了。他年龄虽小，但"其才学则已精通经史，落纸惊人，遂成六子之数"，因此世人将他与夏允彝等人称为"几社六子"。几社最初也是以讨论诗文为主，但后期逐渐发展成一股以陈子龙为首的政治力量。

也正是因为几社的存在，陈子龙参与了众多文人的集会。在恭贺陈眉公75岁寿诞时，他遇见了同样来道贺的柳如是。

柳如是本名杨影怜，字如是，浙江嘉兴人。"如是"二字取自辛弃疾的词"我见青山多妩媚，料青山见我应如是"。她与马湘兰、卞玉京、李香君、董小宛、顾横波、寇白门、陈圆圆同称"秦淮八艳"。

当时的柳如是经常乘坐彩舫，在松江一带自由来往。一个叫宋辕文的才子自从陈眉公寿诞一见之后，对她就一见钟情，穷追不舍。柳如是的画舫泊于白龙潭，宋辕文知道后竟然跳入白龙潭，游着奔向画舫。

柳如是见他一介书生竟然能做出这样的事情，颇为感动。这件事被宋辕文的母亲知道之后，竟然去官府告发柳如是，说她是狐媚"游妓"，要知府将柳如是驱逐出松江。而宋辕文这时却畏缩不前，柳如是失望之下说："我与君的情缘自此绝矣"。说罢持刀砍向案上琴弦，于是"七弦俱断"。

这时松江府衙的公差已经在驱赶柳如是的船了，关键时刻陈子龙挺身而出，亲自向知府解释柳如是为陈继儒女弟子，又拿着柳如是的诗作、书画为证。证明了柳如是不是"游妓"，而是才女之后，知府才撤走了官差。因此，陈子龙的英雄救美，也让柳如是心生好感。

柳如是参加了几次几社的诗会之后，与几社一众才子也熟悉了起来。虽然对陈子龙心生仰慕，但与陈子龙的交往也仅止于互相讨论诗词。柳如是给陈子龙写了一封信，陈子龙没有回复。柳如是竟然穿着男装，登门诘问："风尘中不辨物色，何足为天下名士？"足以见柳如是的胆识和气魄。

对于这件事，著名学者王国维有过评价，在题柳如是《湖上草》时，他说："幅巾道服自权奇，兄弟相呼竟不疑。莫怪女儿太唐突，蓟门朝士几须眉。"这时候的陈子龙已经成婚已久，对柳如是的才貌不是不动心，只是碍于自己的身份与家室，暂时疏远罢了。

几社经常聚会，柳如是更是常常参加，对于这样才貌动人的女子，陈子龙没有回避太久，就开始回应柳如是的深情，二人开始有颇多的诗词互动，他有一首《青楼怨》诗曰：

灯下鸣筝帘影斜，酒寒香薄有惊鸦。

含情不语春宵事，月露微微尚落花。

紫玉红绡暖翠帷，夜深犹绾绿云丝。

独怜唱尽金缕曲，寄与春风总不知。

柳如是原名是杨影怜，首句嵌"影"，第七句嵌"怜"，是写给柳如是的嵌字诗。

当年秋天，陈子龙北上会试，柳如是以诗为他送别：

念子久无际，兼时离思侵。

不自识然量，何期得澹心。

要语临歧发，行波托体沉。

从今互为意，结想自然深。

可惜的是陈子龙会试未中，回到松江后，二人陷入热恋之中，柳如是作《男洛神赋》，陈子龙就回敬《湘娥赋》一篇，彼此之间频繁的诗词往来，更是加深了二人的感情。

在崇祯八年（公元1635年）秋天，两人开始正式同居，宴游唱饮无不出双入对，形影难离如同新婚夫妻。

陷入爱情甜蜜之中的陈子龙写有早春诗两首，描绘了二人同处时的美好时光和浓情蜜意。《早春行》曰：

杨柳烟未生，寒枝几回摘。

春心闭深院，随风到南陌。

不令晨妆竟，偏采名花掷。

香奁卷又暖，轻衣试还惜。

《早春初晴》曰：

今朝春态剧可怜，轻云窈窕来风前。

绣阁梅花堕绿玉，牙状枕角开红绵。

可能齐出凤楼人，同时走马莺声里。

茂陵人才独焚香，鱼笺丽锦成文章。

空有峨媚闭深院，不若盈盈娇路旁。

幸福的生活总是让人倍感短暂，二人当时在南楼浓情蜜意，时间一长，陈子龙的夫人张氏就听到了一丝风声。张氏并不是悍嫉之人，但她不能接受柳如是的过往——在那个封建礼教无比严苛的时代，以柳如是这样的身份，想要寻得一个名正言顺的归宿，可谓无比的艰难。

柳如是和陈子龙只得分开了，分开之后，陈子龙写下了这首《春日早起》，用景色来表述自己对柳如是的思念之情。

自己一个人倚着栏杆，微风轻拂过脸颊，小桥下涌过满满的流水，动静景相结合，更能突出"独起"之意。只有经历过二人共赏满目春景，才会越发觉得独自一人的孤单可怜。然而，再炽热的山盟海誓，面对赤裸裸的现实时都显得那么苍白无力。

柳如是从二人同居的小楼搬了出来，留给陈子龙的是一首《寒食雨夜》：

年年风雨任平生，梦里春晖作意行。

惹起鸳河半江水，然人自此不胜情。

合欢叶落正伤时，不夜思君君亦知。

从此无心别思忆，碧间红处最相思。

她先是移居松江衡云山，而后又云游吴越间，与众多文人来往，后被钱谦益以迎娶嫡妻之礼娶回家，号称"柳夫人""河东君"。婚后，柳如是与钱谦益生有一女。

后来，清军入关后，她劝钱谦益以死报国未成。在钱谦益病死之后，她选择了投缳自尽，留有遗嘱："以索悬棺而葬"，意为不肯埋进清人占领的故土，颇具名士气节，为后人所赞仰。

陈子龙也再无心于儿女情长，他曾多次加入反清复明的组织，最后一次被抓住时，他以死明志，投河自尽。

据说，在他投河之前有过这样的一段对话：

清吏问："何不剃发？"

陈子龙答："吾惟留此发，以见先帝于地下也。"

第二辑

平生不会相思，才会相思，便害相思

卓文君　愿得一心人，白首不相离

白头吟

［汉］卓文君

皑如山上雪，皎若云间月。闻君有两意，故来相决绝。

今日斗酒会，明旦沟水头。躞蹀御沟上，沟水东西流。

凄凄复凄凄，嫁娶不须啼。愿得一心人，白头不相离。

竹竿何袅袅，鱼尾何簁簁！男儿重意气，何用钱刀为！

卓文君，原名文后，西汉时期蜀郡临邛（今四川省成都市邛崃市）人，被誉为"古代四大才女"之一。她是蜀郡临邛的冶铁巨商卓王孙之女，相貌姣好，精通音律，善弹琴。

司马相如，字长卿，蜀郡成都人，西汉辞赋家，代表作品是《子虚赋》。他的作品风格辞藻富丽，结构宏大，后人称他为"赋圣"和"辞宗"。鲁迅在《汉文学史纲要》中评论说："武帝时文人，赋莫若司马相如，文莫若司马迁。"

卓王孙家历经几代的积累，财富惊人，被称之为全国首富，据说家中有仆奴八百人。卓王孙家虽然富贵，但子息并不繁盛。

卓文君成婚后不久丈夫就生病死了，她就只好回到卓家，继续与父母生活在一起。

而那个时候的司马相如，虽然颇有才名，却真的是一贫如洗，吃饭都快成问题了。他有一个很好的朋友叫王吉，是当时的临邛县令，于是司马相如就去投奔他。那时候，司马相如因为家贫并没有娶亲，于是，王吉就对司马相如说，本县有一个富豪叫卓王孙，他有一个女儿长得漂亮又通音律，颇有文采，和司马相如很合适。因为之前的丈夫病死了，所以她现在就在临邛县。

司马相如听了也颇为心动，但自己身无长物，总不能直接贸然去求娶吧？于是，为了能求娶卓文君，王吉就和司马相如演了一出戏。

借遍了好友之后，司马相如终于凑得一身像样的衣服和一架不错的马车。随后，他在临邛县转了一圈之后，就到县外王吉找好的一处房子里住下了。王吉经常大张旗鼓地前来拜会，但是司马相如却并不经常见他，经常是来了几次才见一次。时间一长，人们都知道有一个很有才气的司马公子与本县县令交好。

王吉的行为终于引起了卓王孙和另一个叫程郑的富豪的注意，他们决定设宴邀请县令王吉和司马相如，王吉很快赴宴而来，但是司马相如却再三推托。最后，还是王吉出马才把司马相如邀请来。司马相如长相很好，再加上又有才华，于是他到了宴会之后"一座尽倾",众人对他印象都很好。

　　大家喝了一会儿酒之后,王吉提议说司马相如琴艺高超,让他给大家展示一下。司马相如假装推辞了一番,随后便弹了两支曲子,这就是著名的琴曲《凤求凰》:

其一:

　　有一美人兮,见之不忘。一日不见兮,思之如狂。

　　凤飞翱翔兮,四海求凰。无奈佳人兮,不在东墙。

　　将琴代语兮,聊写衷肠。何时见许兮,慰我彷徨。

　　愿言配德兮,携手相将。不得于飞兮,使我沦亡。

其二:

　　凤兮凤兮归故乡,遨游四海求其凰。

　　时未遇兮无所将,何悟今兮升斯堂!

　　有艳淑女在闺房,室迩人遐毒我肠。

　　何缘交颈为鸳鸯,胡颉颃兮共翱翔!

　　凰兮凰兮从我栖,得托孳尾永为妃。

　　交情通意心和谐,中夜相从知者谁?

　　双翼俱起翻高飞,无感我思使余悲。

　　正是这首曲子让新婚寡居的卓文君心动不已。她情不自禁地在宴席后面偷偷地看着这个弹琴高歌的才子,心中已是大为倾慕。

　　宴席结束之后,司马相如买通了卓文君的小厮,让他带自己向卓文君表达心意。卓文君已经心动，自然无所不应，于是就随司马相如连夜私奔去了他家。卓王孙知道这件事后非常生气，说卓文君违反礼教，自己虽然不忍心伤害她，但一点钱也不会给她的。

回到家中的司马相如已经没办法继续假装自己家境不错了，随即，二人依靠卓文君当掉首饰的收入过了一段时间，但是坐吃山空也不是办法。于是，卓文君提议回到临邛，对司马相如说："长卿第俱如临邛，从昆弟假贷，犹足为生，何至自苦如此。"意思是我们回到临邛，就算借各位同族兄弟的钱也足够为生，何必要活得像现在一样辛苦。司马相如当即同意，二人于是就启程回到临邛。

他们临街开起了酒庐，卓文君当垆卖酒，司马相如就系着围裙打杂。这件事情很快就传到了卓王孙的耳朵里，他觉得很丢人，就每天闭门不出。他的兄弟等人都劝说他，事情既然已经这样，卓文君又是你的女儿，司马相如虽然现在清贫，但好歹还有才名，还是知县的好友，你也不能叫他太过难堪。

无奈之下，卓王孙只得给卓文君和司马相如送去铜钱百万，奴仆数人，又把卓文君常用的衣服和上次出嫁时的嫁妆一起送去。司马相如二人收到钱物，当即关了酒庐，回到成都买房置地，过起了富足的生活。

不久，司马相如的《子虚赋》得到汉武帝的赏识，又因为

《上林赋》被封为帝王的侍从官，一时之间风光无两。做官之后的司马相如久居京城，满眼繁华，在见识过众多美女之后，竟然产生了纳妾之意。

在卓文君的心里，爱情应该如同山上的雪一样纯洁，像云间的月亮一样光明，这首《白头吟》就是卓文君想要挽回丈夫的证据。

听说丈夫现在有了二心，所以我来做最后的诀别。今天如同是最后的聚会，明天就在沟头分手。我缓缓地向着沟头走去，过去的美好就如同这沟水，一去不复返。当初我毅然离家追随你，不会像别的女孩那样痛哭不已。本以为嫁了一个情专意长的郎君，可以一直相爱到白头。

最后两句其实是对司马相如的指责，"筵筵"是说鱼的尾巴像沾湿的羽毛一样，古代常用钓鱼来形容男女之间的求偶行为。这两句其实是在讽刺司马相如摇摆不定，心意转变得太快。对于男人来说应该重义气，重感情，丧失了真诚的爱情是不能用任何珍宝补偿的。

又附《诀别书》：

春华竞芳，五色凌素，琴尚在御，而新声代故！锦水有鸳，汉宫有水，彼物而新，嗟世之人兮，瞽于淫而不悟！朱弦断，明镜缺，朝露晞，芳时歇，白头吟，伤离别，努力加餐勿念妾，锦水汤汤，与君长诀！

《白头吟》加《诀别书》，都是在向司马相如说，如果你不顾念我们的过去，非想要再娶，那我们就此告别。

据说，司马相如看完信，一面感叹卓文君的才情，一面感念二人一起经历过的美好岁月，终于回心转意，从此不再提纳妾之事。

班婕妤　常恐秋节至，凉风夺炎热

怨歌行

[汉]班婕妤

新裂齐纨素，鲜洁如霜雪。

裁作合欢扇，团圆似明月。

出入君怀袖，动摇微风发。

常恐秋节至，凉飙夺炎热。

弃捐箧笥中，恩情中道绝。

班婕妤，名不详，汉成帝刘骜的妃子，西汉才女。她出身名门，才学广博，擅长辞赋，是中国古代历史上少有的以才学品行受到较高评价的女子。

钟嵘在《诗品》中曾将班婕妤列入上品诗人十八位之列。西晋博玄诗赞她："斌斌婕妤，履正修文。进辞同辇，以礼臣君。纳侍显得，谠对解份。退身避害，云邈浮云。"

班婕妤是楚国令尹子文的后代，父亲是班况，在汉武帝时期班况抗击匈奴，驰骋疆场，颇有战功。而班婕妤幼时好学聪敏，文采出众，在汉成帝刘骜即位之后就被选入宫。刚开始是少使，即下等女官，后来因为长相出众受到成帝刘骜的宠幸，赐封为"婕妤"。

刘骜让班婕妤居于增成舍宫，对她宠爱有加。为了能更好地让班婕妤陪伴在自己身旁，刘骜特意让人做了比正常轿辇大一点的辇车，希望能与班婕妤共乘。

但是，班婕妤属于恪守本分而谨守礼教之人，面对皇帝的邀请，班婕妤说："贤圣之君皆有名臣在侧，三代末主乃有嬖女。古代圣贤之君都有名臣在侧，而夏、商、周三代末主夏桀、商纣、周幽王才有嬖幸之女在侧。"

意思是古代贤德的君王都有名臣在身边，像夏商周三代的末主才有妃子在侧。如果我与你一起乘坐不就与他们类似了吗？那就很可怕了。刘骜听完班婕妤的话觉得很有道理，对她更加宠爱了。

王太后知道班婕妤"拒与君王同乘"的事情后对她大加赞赏，对左右的人说"古有樊姬，今有班婕妤。"王太后将班婕妤与春秋时期楚庄公的夫人樊姬（樊姬以贤惠出名，辅佐楚庄王成为"春秋五霸"之一）相提并论，也是希望班婕妤能做一个贤惠而有助于君王的"贤妃"。这也让班婕妤在后宫的地位更加稳固。

很快，班婕妤就怀孕生下一子，刘骜大悦。但这样的喜悦并没有维持太久，新生儿在皇宫里是最容易发生"意外"的。有传言说，后宫中有人嫉妒班婕妤受宠，因而买通班婕妤宫中的小太监把孩子害死了。无论怎样，班婕妤的孩子没有成功存活下来（这也是班婕妤这一生中唯一的一个孩子）。失去孩子的班婕妤悲痛不已，一个整日悲伤的妃子显然让刘骜不悦，他对班婕妤逐渐没有那么在意了。

正是这个时候，名为微服体察民情，实为寻找美女的刘骜发现了赵飞燕和赵合德姐妹。赵氏姐妹一起入宫后，后宫中再也没有能与姐妹二人争宠的人了。赵氏姐妹二人圣宠优渥，最在意的人不是班婕妤，而是许皇后。当时，宫中还没有婴儿能健康长大，从某个角度而言，妃嫔的地位不再是"母凭子贵"，而是全凭皇帝的宠爱。许皇后担心自己的地位受到威胁，在自己姐姐平安侯夫人的提议下，于宫中设神坛，诅咒赵氏姐妹二人。

事情败露之后，赵氏姐妹对刘骜进谗言说，皇后不仅是在诅咒我们，也是在诅咒皇帝。刘骜大怒，废黜了许皇后并将她打入冷宫。赵氏姐妹还以此事来诬陷班婕妤，说此事与她也有关。班婕妤则很淡定地对刘骜说："妾闻死生有命，富贵在天，修正尚未得福，为邪欲以何望？若使鬼神有知，岂有听信谗愬之理；倘若鬼神无知，则谗愬又有何益？妾不但不敢为，也不屑为。"

意思是听说生死大事命运决定，富贵与否老天决定。修行

都没有得到福报，诅咒又怎么会有效果？鬼神有知则不会听信
谗言，鬼神无知则谗言也没有什么用。我不敢做这种事，也不
屑做。

刘骜深以为然，又念及彼此曾经的情意，不仅没有惩罚班
婕妤，反而为了安抚她给予了不少奖赏。

许皇后的遭遇也提醒了班婕妤，在这后宫之中，凭她一人之
力没办法抵抗日渐横行的赵氏姐妹。为了保全自己，她向刘骜请
命，要代替公务繁忙的皇帝去陪伴王太后，刘骜"允其所请"。

就这样，在后宫斗争日益激烈的时刻，班婕妤选择明哲保
身，急流勇退。在太后的长信宫中，为了打发时间，班婕妤读
了很多的诗书，也在此期间创作出不少辞赋作品。这首《怨歌
行》，又称《团扇诗》就是写于此时。

在这首诗里，班婕妤以团扇来比喻自身，也代表着众多进
宫的女子。前面的几句其实是在隐喻班婕妤良好的出身和纯洁
高尚的品质。用"合欢"和"团圆"则写出了一个新入宫的少
女对于未来美好的希望。

其实，不只是班婕妤，很多入宫的女子都犹如这团扇一样，
新鲜过一阵、被宠爱过一阵就被喜新厌旧的君王抛之脑后，以
至于盛宠在身的时候也要担心随时会被抛弃的命运。

团扇的寓意不仅仅特指后宫之中的女子，也反映了古代社
会女性的普遍悲剧命运。也许，因为经历过盛宠又失宠，也见

识过太多后宫女子悲剧的命运，班婕妤由己及人写下了这首诗。之后，团扇几乎成了红颜薄命、佳人失宠的象征。

班婕妤在太后的庇护之下，躲过了后宫争斗。而刘骜一生都没有子嗣留存，后来只能将皇位传给自己的侄子。据说刘骜最后因为服食丹药过多，导致中风，死在了赵合德的殿中。赵合德见最大的靠山死了，为了逃避罪责，也自尽而死。

班婕妤在刘骜死后上书太后，自愿去给刘骜守墓。从此，一代才女伴着墓前青灯继续过着孤寂而清净的生活。大约一年之后，班婕妤也因病而亡，葬于成帝陵中。

徐淑　恨无兮羽翼，高飞兮相追

答秦嘉诗

［汉］徐淑

妾身兮不令，婴疾兮来归。沉滞兮家门，历时兮不差。

旷废兮侍觐，情敬兮有违。君今兮奉命，远适兮京师。

悠悠兮离别，无因兮叙怀。瞻望兮踊跃，伫立兮徘徊。

思君兮感结，梦想兮容辉。君发兮引迈，去我兮日乖。

恨无兮羽翼，高飞兮相追。长吟兮永叹，泪下兮沾衣。

秦嘉、徐淑，东汉诗人。秦嘉，字士会，生卒年不详，陇西（今甘肃通渭县）人，徐淑丈夫。徐淑、秦嘉是东汉著名的夫妻诗人，钟嵘在《诗品》中把他们列为中品，以为"夫妻事既可伤，文亦凄怨"。并评价徐淑诗仅次于班婕妤的《怨歌行》，是汉代难得的女诗人。

而清代沈德潜在《古诗源》中指出："词气和易、感人自深、然去西汉深厚之风远矣。"他们的诗歌具有明显的东汉后期文人抒情诗的特点。

徐淑当时是陇上淑女,秦嘉心仪许久,徐淑对秦嘉也有好感。秦嘉提亲之后很快就迎娶了徐淑。关于与徐淑的结合,秦嘉在《述婚》里这样形容:"纷纷婚姻,福祸之由。卫女兴齐,褒姒灭周。战战兢兢,惧其不俦。神启其吉,果获好逑。适我之愿,受天之休。"

意思是说:婚姻的好坏可以决定一个家庭是否幸福。春秋时期的卫女使齐国兴旺,而周幽王为博褒姒一笑却导致周朝灭亡。所以在成婚之前,人们都诚惶诚恐,害怕找不到好的另一半。我却得到上天的垂怜,娶到徐淑这么好的姑娘,感谢神灵助我实现愿望。

当时,秦嘉是衙门里的一个小官,虽然职务不高,但是政务繁忙,徐淑则每日在家操持家务,虽然二人不算富裕,但日子过得很开心。也许是平日里家务活做得太多,也许是身体偏弱,徐淑病倒了。秦嘉一面要顾及公务,一面要照顾妻子,渐渐变得憔悴了。徐淑心疼丈夫,就和他商量自己先回娘家去养养病,有人照顾自己,丈夫也比较放心。而临近年关,丈夫也可以专心忙于公务。

秦嘉同意了徐淑的提议,只是徐淑的娘家离秦家有点儿远,夫妻二人不能日日相见了。年轻的小夫妻觉得,时间还长着呢,暂时的分离是为了以后更多的相聚。很快,由于差事办得不错,秦嘉被委派年终去当时的首都洛阳,任郡上计掾一职。

汉郡国每年年终遣吏送簿纪到京师，曰上计；所遣之吏，曰上计吏。一去上千里地，秦嘉不想与徐淑分开那么久，因为自己要准备很多东西，就派了车马去接徐淑。

或是觉得路途遥远，或是身体还没有完全恢复，徐淑未能成行，便作了一首诗给秦嘉，这首诗就是著名的《答秦嘉诗》。

因为身体不好，一直在娘家养病，既没有侍奉公婆，有违孝道，又辜负了你的情意（指不能时时陪伴在秦嘉身边）。你现在奉命要远去京师，就这样与你分别，不知道什么时候才能再见。我向着你的方向眺望，因为思念而郁结于心，只有在梦里才能见到你的容颜。你出发远行，离我一天远过一天。只恨我自己没有翅膀，不能高高飞起去追寻你，只有叹气哭泣。

秦嘉见到车马回来，只带回了一首诗，却没见妻子的身影。如果是一般的男人，一定会很生气，毕竟之前已经很久没见，现在我要出远门了，派车去接你，你却还不回来。

失望之下，秦嘉写了一首《赠妇诗》表明自己的心情：

念当奉时役，去尔日遥远。遣车迎子还，空往复空返。

省书情凄怆，临食不能饭。独坐空房中，谁与相劝勉。

长夜不能眠。伏枕独辗转，忧来如循环，匪席不可卷。

本意是因为这次的公务时间太久，路途又遥远，想派车来接徐淑，没想到却是空车去空车回，自己一个人坐在没有妻子的房间里伤心不已。到了夜里更是辗转反侧，彻夜难睡。

　　秦嘉与徐淑的感情非常好，他读完妻子的诗后并没有生她的气，而是打算自己过去一趟，在临别之前见徐淑一面。

　　最终，因为路途不便，公务繁忙，这次旅程未能成行。于是，他又给徐淑写了一首诗：

　　皇灵无私亲，为善荷天禄。伤我与尔身，少小罹茕独。

　　既得结大义，欢乐苦不足。念当远离别，思念叙款曲。

　　河广无舟梁，道近隔丘陆。临路怀惆怅，中驾正踯躅。

　　浮云起高山，悲风激深谷。良马不回鞍，轻车不转毂。

　　针药可屡进，愁思难为数。贞士笃终始，恩义可不属。

　　然而，秦嘉没想到，自己最终还是没有成行，因为公务之故，他不得不离家赴任。

　　秦嘉在赴京师后，因为思念爱妻，又给徐淑写了一篇《重报妻书》：

　　车还空返，甚失所望，兼叙远别，恨恨之情，顾有怅然！

　　间得此镜，既明且好，形观文采，世所稀有，意甚爱之，故以相与；并致宝钗一双，价值千金；龙虎组履一緉；好香四种，各一斤；素琴一张，常所自弹也。

　　明镜可以鉴形，宝钗可以耀首，芳香可以馥身去秽，麝香可以辟恶气，素琴可以娱耳。

　　不得不说，这样情深的男子在现代社会都很少见，在古代更是凤毛麟角了——秦嘉并没有责备徐淑，只是表示了一下自

己的失望和对妻子的惦念，还给妻子留下了四件东西：铜镜可
以照见你的样子；宝钗可以装扮你；上好的香料可以怡人；素
琴可以让你用来消遣。

徐淑也值得秦嘉这么对待，她收到这四件东西之后赋诗云：

素琴之作，当须君归；明镜之鉴，当待君还；未奉光仪，
则宝钗不列也；未待帷帐，则芳香不发也。

意思是没有你在，这些珍贵的东西对我来说也没有什么用，
还是等你回来，与你共赏吧。

秦嘉到了洛阳，因为公务办得很好，没过多久，他就升为
黄门郎，并留在了洛阳。这个时候，秦嘉也想过要来接徐淑，
但徐淑的身体一直没有养好，顾虑到遥远的路途，最终也没有
去洛阳。

谁知人有旦夕祸福，秦嘉整日忙于公务，竟然一病不起，
最终死在了洛阳。

徐淑知道噩耗之后，终日啼哭不已，千里奔赴洛阳。终于，
她见到了阔别已久的丈夫，但是秦嘉再也不能与她说上一句话，
再也不能听她弹琴了。徐淑大哭，哀恸不已。她的内心必然是
悔恨不已的，早知之前的离别是最后一面，自己怎么会拒绝与
秦嘉的见面。

人生没有那么多早知道，唯一能做的就是珍惜当下，珍惜
那个对的人。

去年今日此门中，妆台铜映两芙蓉。人面不知何处去，芙蓉怎不恼东风。

不知道写下这首诗的徐淑是何等伤心绝望，后悔必将如同蚂蚁，一日日啃噬她已经千疮百孔的心。

徐淑回乡之后日渐消沉，形容憔悴，她的哥哥想让徐淑再嫁，不再沉溺于悲伤之中，开始日日劝说她。但徐淑的心里只能装得下秦嘉，为了避免哥哥的劝说，也为了表示自己的决心，她"毁形不嫁，哀恸伤生"，宁愿自毁容貌，也不愿意再嫁。她去世之后，和秦嘉合葬在榜罗镇的秦家坪。

姚玉京　故人恩义重，不忍更双飞

咏　燕

[南北朝] 姚玉京

昔时无偶去，今年还独归。

故人恩义重，不忍更双飞。

姚玉京是南北朝时期与苏小小齐名的名妓，因才貌出众，文思敏捷，盛名远播四方。

姚玉京出身官宦世家，父亲姚远在任寿安(今河南宜阳县)知府时因为战乱而死，母亲带着年幼的姚玉京逃命至襄州。到襄州不久，母亲就因为伤心加上旅途奔波而生病，治病花光了母女二人原本不多的积蓄，等到姚母病故之后，姚玉京竟然连葬母费都拿不出来，万般无奈之下，姚玉京将自己卖进了怡琴馆，用卖身的钱来安葬母亲。

出身良好的姚玉京自然别于青楼女子，因为感伤自己命运多舛，她对那些客人总是冷冷淡淡，而很多客人却因此而更加追捧她。据说在姚玉京最红的时候连见她一面都需要纹银一百两，而收到这一百两之后，见与不见还要看姚玉京的心情。

虽然备受客人的追捧，但姚玉京却并不开心，像所有女子一样，她也希望能有一个人不看重自己的外貌，而是喜欢自己的才情。

当时，襄州有一位担任书记官的年轻人，名叫卫敬瑜。他每月薪俸不高，在听人提及姚玉京的出众才情之后，很是仰慕。但是因为自身家境普通，没办法一掷千金地经常去见姚玉京，就将自己的俸禄小心积攒起来，待积攒到一百两之后才去求见。

他与姚玉京见面后并没有非分之举，而是与她谈论诗词，说话逗姚玉京开心，每次见面只为求得佳人一笑。

卫敬瑜虽然官职不高，但是年轻英俊，对待姚玉京又是真情实意，不久之后，就打动了玉人芳心。姚玉京感于卫敬瑜对自己的真心，将自己放在平等的位置，这样的尊重实在难得。两人在怡琴馆里谈诗论道，相处得很融洽。时间一久，姚玉京就有了想要嫁给卫敬瑜之意。

卫敬瑜家境虽然普通，但家人都还颇通情理，并没有因为姚玉京的身份而嫌弃她。只是姚玉京的赎身之资不便宜，卫敬瑜家中没办法拿出那么多的银子。在卫敬瑜同姚玉京说了家中困窘之后，姚玉京就干脆自掏银两，脱离了青楼。

离开青楼的姚玉京与卫敬瑜很快成亲，婚后夫妻恩爱，相处融洽。一家人和和睦睦地过着平常人的幸福生活。

也许是天妒红颜，这样平静幸福的生活很快就结束了。卫敬瑜在婚后第二年的夏天，因为天热与朋友去襄水游泳，熟知水性的他却不幸溺水身亡。消息传来，不亚于晴天霹雳，姚玉京不敢相信，自己与丈夫只度过了这么短暂的幸福生活，丈夫就狠心扔下自己离开了。她悲痛欲绝，日日以泪洗面，在办完卫敬瑜丧事之后，她的灵魂好像也已经随卫敬瑜而去一样。

家中的公公婆婆伤心之余，还要出面劝说姚玉京，避免她做傻事，最后更是劝慰她，要保重自己的身体，不要总是沉溺于悲伤。因为姚玉京年岁不大，等过一段时间，可以让她自行别嫁。姚玉京更加伤心，当即对公婆表示自己愿为卫敬瑜守节，替他孝顺公婆、照顾姑舅。公婆再三劝说，表示不希望她年纪轻轻就守节。但是姚玉京决心已定，在公婆再三劝说之后，姚玉京竟然将一只耳朵割了下来，以表绝不再嫁的决心。卫家人见此，遂不敢再劝说，与她相处如同亲生女儿一般。

家人的陪伴理解也不能弥补卫敬瑜在姚玉京心里的空缺，她时常坐在窗边望向远方出神。当时卫家的住宅在襄州郊外，宽敞的瓦房中常有燕子在房檐筑巢。姚玉京经常看着燕巢内双双对对的燕子来回飞翔，哺育它们的幼崽。

有一天，雌燕外出觅食久久不归，不知是被其他鸟类捕食，还是被顽童射杀了。剩下的雄燕在燕巢旁孤飞哀鸣，每天都出去寻找雌燕的踪迹，却再也找不到了。姚玉京看着哀鸣的雄燕，不禁想起自身的遭遇，"同是天涯伤心人"的相怜之感让她对着雄燕伸出手，那燕子也像知道什么一样，落在了她的手上，不时用鸟喙蹭蹭姚玉京的衣袖。

一人一燕因为同病相怜，从此就成了患难之交。冬天很快到了，燕子要飞到南方去过冬，姚玉京依依不舍地与燕子告别，并在燕子腿上系了一根红线，期盼它明年能再回来看自己。

第二年春天，燕子果然飞了回来。再次听见熟悉的燕喃声，姚玉京非常高兴，特地写下了这首《咏燕》。既写这只有情有义的燕子，也写孤独寂寞的自己。

从此之后，卫家的房檐下一直为这只燕子留着一个巢穴，而这只燕子也每年飞回，只为与姚玉京做伴。虽然燕子的存在让姚玉京的生活多了一抹色彩，但是对卫敬瑜的思念却还是与日俱增。备受伤感、孤独打击的姚玉京没有熬过卫敬瑜死后的第八个冬天，在春天将要到来之际，姚玉京撒手人寰。

这一年，燕子回来之后，再也找不到姚玉京，它在姚玉京的窗前不住地盘旋，哀鸣不已，似乎在寻找姚玉京的身影。最后姚玉京的小姑子将快要飞不动的燕子带到了姚玉京的坟墓前。雄燕似乎有所知觉，鸣叫声变得更加哀婉，并不再飞走，连卫家人送来的食物和水都不曾吃上一口，最终绝食而死。

卫家人感慨于燕子的贞烈，在姚玉京的坟墓旁将它埋葬，并立"燕冢"以志纪念。此后，每逢风清月明，时常有襄人疑似看见姚玉京与燕子同游汉水之滨。后来，雍州刺史，西昌侯藻感于姚玉京的情深，为她竖贞节牌坊，题曰"贞义卫妇之闾"。

燕子是忠贞之鸟，爱情专一，两只燕子结为伴侣后即不再分离。诗人们常用"双飞燕"来形容忠贞的爱情，而情人之间的分手则被称之为劳燕分飞。

《诗经·燕燕》中写道："燕燕于飞，差池其羽，之子于归，远送于野。"杜牧在《村舍燕》中说道："何处营巢夏将半，茅檐烟里语双双。"袁袠《燕》诗则说："最爱堂前燕，高飞忽复低。趁风穿柳絮，冒雨掠花泥。帘影朝双舞，梁尘晚并栖。"诗仙李白也有《双燕离》："双燕复双燕，双飞令人羡，玉楼朱阁不独栖，金窗绣户长相见。"

类似燕子的故事在唐初也曾出现。

唐初长安有一富家女郭绍兰，经父母之命媒妁之言嫁给了富商任宗。婚后不久任宗就到外地经商，一去数年不归，音讯皆无。郭绍兰守在空荡荡的家中，同样看到窗外自由飞来飞去的燕子，就对着燕子自语说："真羡慕你们的翅膀，可以飞到想去的地方。听说你们每年都要从海边飞回，会经过湖湘，能帮我带给丈夫一封书信吗？"

那燕子似乎听懂了她的话，郭绍兰试探着伸出手，那燕子就飞到了她手上。郭绍兰喜出望外，当即用细绢写了一首诗，系在了燕子的腿上，那燕子盘旋两圈之后就飞走了。

任宗当时正在荆州一带做生意，一日外出，发现有燕子在头上不住盘旋，且鸣叫不已，像是在说着什么。任宗觉得很奇怪，就停了下来看着那两只燕子。其中一只就很小心地飞下来落在他的肩膀上，任宗看着这只不怕人的燕子，很快在燕子腿上发现一截绢布，解下来一看，竟然是妻子写的一首诗：

> 我婿去重湖，临窗泣血书。
>
> 殷勤凭燕翼，寄与薄情夫！

任宗见到此诗，想到妻子在家苦苦等待，自己却数年间音讯全无，最后逼得妻子只能借助燕子传书，捎来对自己的思念，心中抱憾不已。于是匆忙写了一封信让燕子先行带回，自己则开始处理手头上的生意，之后昼夜兼程地赶回长安。

而郭绍兰也因为这一对燕子的千里传书，终于得以与丈夫团聚。

鱼玄机　易求无价宝，难得有情郎

赠邻女

[唐]鱼玄机

羞日遮罗袖，愁春懒起妆。

易求无价宝，难得有情郎。

枕上潜垂泪，花间暗断肠。

自能窥宋玉，何必恨王昌。

鱼玄机，晚唐女诗人，长安（今陕西西安）人。初名鱼幼薇，字蕙兰。进长安咸宜观出家后道号"玄机"。鱼玄机生性聪慧，才思敏捷，好读诗书，与李冶、薛涛、刘采春并称"唐代四大女诗人"。

据传，鱼玄机幼时就很有才名，那时候她的名字还叫鱼幼薇。她的父亲饱读诗书，却一直功名未成。由于家中只有鱼幼薇一个孩子，他便将希望都放在了小小的鱼幼薇身上。在父亲的栽培下，鱼幼薇5岁便能背诵数百首诗章，7岁就开始学习作诗，十一二岁时，她的诗作就已在长安文人中传诵开来。

正是这样的名气，为她引来了她生命中亦师亦友的温庭筠。

在民间记载或者传记中，温庭筠与鱼幼薇初次相见的情形多是这样的：

鱼幼薇当时和母亲住在平康坊一处破旧的小院子里。因为父亲去世，无人支撑家计，她和母亲只能每日接一些缝缝洗洗的活来维持家用，生活十分困苦。于是，温庭筠写下了"江边柳"三个字考校鱼幼薇的才学，当时，十来岁的鱼幼薇略一思索，写下了《赋得江边柳》一诗：

> 翠色连荒岸，烟姿入远楼。
>
> 影铺秋水面，花落钓人头。
>
> 根老藏鱼窟，枝低系客舟。
>
> 萧萧风雨夜，惊梦复添愁。

温庭筠大为赞赏，从此自愿成为鱼幼薇的师傅，经常出入鱼家，教鱼幼薇诗词歌赋不说，还经常接济鱼幼薇母女。

对于《赋得江边柳》还有一种说法，这首词并不是写于温鱼二人相识之初。因为后人分析当时十岁左右的鱼幼薇即使生活困苦，但是没有足够的生活阅历支撑，是写不出"根老藏鱼窟，枝低系客舟"这样的人生感叹，也不会有"萧萧风雨夜，惊梦复添愁"这样的愁苦感受。

温鱼二人的交往虽不见于正史，但二人之间确实有着比较密切的往来，互相之间也有很多诗词相和。温庭筠虽然面目丑陋，但性情爽朗又有才华。他善于倾听底层百姓的心声，所写的词多数表现的都是妓女、戍妇、道士等的爱情和相思。他的词绮丽浓郁，感情率真，开了"词为艳科"的先例。这样的才子，又是在自身困顿时伸出援手的人，鱼幼薇不可能不动心。

但对于温庭筠来说，可能自卑于自己的年龄和相貌，因此迟迟没有给鱼幼薇回应，只是与她多番诗词相和。这种诗词相和贯穿了鱼幼薇短短的一生，也许，这就是人们常说的——爱人可能是暂时的，但相知的朋友却可能是一生的。

据传，鱼幼薇与李亿也是因诗结缘。鱼幼薇与温庭筠结伴去游览城南风光秀丽的崇贞观，很多文人雅士都在观中题诗，鱼幼薇也写下了"云峰满目放春晴，历历银钩指下生。自恨罗衣掩诗句，举头空羡榜中名"这样的诗句。

李亿在几天之后看到了这首诗，非常仰慕鱼幼薇的才情。而李亿还与温庭筠相识，最后通过温庭筠的撮合，一顶花轿将鱼幼薇迎回了家中。美中不足的是，李亿当时已经成亲，妻子远在江陵，鱼幼薇于是就成了李亿的妾室。在李亿去接妻子来长安的途中，鱼幼薇写了一首《江陵愁望寄子安》（子安即李亿的字）：

枫叶千枝复万枝，江桥掩映暮帆迟。

忆君心似西江水，日夜东流无歇时。

鱼幼薇与李亿在一起度过了一段恩爱的时光，情况在李亿的妻子来到长安之后发生了改变。李亿的妻子裴氏嫉妒心极强，而且娘家在长安颇有势力，她经常虐待鱼幼薇，并与李亿吵架。后来李亿只得将鱼幼薇送到咸宜观，并承诺会经常与她相会。

鱼幼薇至此改名鱼玄机，并开始在观中苦等。写有《寄子安》：

> 醉别千卮不浣愁，离肠百结解无由。
>
> 蕙兰销歇归春圃，杨柳东西绊客舟。
>
> 聚散已悲云不定，恩情须学水长流。
>
> 有花时节知难遇，未肯厌厌醉玉楼。

以及《书情寄李子安》：

> 饮冰食檗志无功，晋水壶关在梦中。
>
> 秦镜欲分愁堕鹊，舜琴将弄怨飞鸿。
>
> 井边桐叶鸣秋雨，窗下银灯暗晓风。
>
> 书信茫茫何处问，持竿尽日碧江空。

鱼玄机写了多首表达哀怨等待之情的诗。如果说有什么最能消磨一个女子的痴心，那莫过于这种漫长无望的等待了。鱼玄机越等越无望，越等越哀怨。直到三年以后才有人告知她，李亿早已携妻往扬州赴任去了。大受打击的鱼玄机伤心不已，写下这首《赠邻女》（一作寄李亿员外）。

这里有一个小细节特别有意思，在鱼玄机还是李亿姜室的时候，她写关于李亿的诗都称呼他为"子安"，但这首诗却称之为《寄李亿员外》，可见彼时鱼玄机对李亿已经失望透顶，不愿意再用那样亲昵的称呼来叫他的名字了。

"易求无价宝，难得有情郎。"这两句是本诗里流传最广的句子，应该是首次有诗人将无价的珍宝与一个男人相比较。对于一个美貌与才华兼具的女子来说，无价的珍宝容易得到，可一个真诚专一的伴侣却不容易得到。

在大多数女子的心里，无价宝也抵不上一个有情郎。得不到这样的有情郎，自然也不愿费心打扮自己了。得不到的幽怨与伤心让她在枕边流泪，在经过花丛时也倍感忧伤。但是明明已经有了这样的才情与相貌，就算是宋玉这样的才子也能得到，又何必怨恨王昌这样的人对自己的态度呢。

这首诗可以说是鱼玄机人生的分界点，备受打击的她非常失望，开始游戏人生。鱼玄机也许自以为是在报复李亿，也许是想放纵自己，不再用条条框框的封建礼数要求自己，从此走上一条完全不一样的道路。

那时候的唐朝道教盛行，很多知名的道观大多成了游览胜地和交际场所。道观中很多稍有才色的女子就变成了社交达人。据说写完《赠邻女》之后不久，鱼玄机在咸宜观外挂了一块"鱼玄机诗文候教"的牌子，不出几天就传遍长安，很多自认为有几分文采的文人雅士和风流才子慕名而来。

鱼玄机与这些人品茶煮酒，坐而论道。兴起时就结伴而游，有些能得鱼玄机青睐的，则成为入幕之宾。

她有一首《迎李近仁员外》的诗，是写给一位承担观中开销的富商的。诗曰：

今日喜时闻喜鹊，昨宵灯下拜灯花。

焚香出户迎潘岳，不羡牵牛织女家。

这样放纵的生活给鱼玄机带来的不仅仅是声名狼藉，还有因为争风吃醋惹下的杀身之祸。野史记载，鱼玄机因为与自己的侍女绿翘争风吃醋而失手将绿翘打死，掩埋的尸体被观中的客人发现后报官，而审判此案的恰巧是追求鱼玄机被拒绝，以严刑出名的酷吏温璋。最终，鱼玄机被判死刑，一代才女就这样香消玉殒，此时的鱼玄机才24岁。

也有人说她在温庭筠等人的奔走下获救出狱，改名鱼又玄或虞有贤，还有诗作流出，并未真正死去。只是这种说法更像是人们一个美好的愿望，大多数人还是认为鱼玄机已经死在温璋的手里。

鱼玄机的一生总是遇人不淑。温庭筠不敢接受她，李亿保护不了她，最后死在一个对她求而不得的男人手里。不得不让人感叹一句：造化弄人，红颜薄命。

晏几道　落花人独立，微雨燕双飞

临江仙·梦后楼台高锁

［宋］晏几道

梦后楼台高锁，酒醒帘幕低垂。去年春恨却来时。落花人独立，微雨燕双飞。

记得小蘋初见，两重心字罗衣。琵琶弦上说相思。当时明月在，曾照彩云归。

晏几道，北宋著名词人，字叔原，号小山，抚州临川文港沙河（今属江西省南昌市进贤县）人，晏殊第七子。他擅长小令，诗词语言清丽，感情真诚深挚。虽然与自己的父亲晏殊合称"二晏"，但后世普遍认为其文学成就在其父之上。如晚清著名词家陈廷焯在《词坛丛话》评价说："北宋之晏叔原，南宋之刘改之，一以韵胜，一以气胜，别于清真、白石外，自成大家。"

晏几道是在晏殊47岁时出生的，当时晏殊官至相位，家中仆从众多，家境富裕，晏几道被后人称为"含着金汤匙，在脂粉堆中长大"，简直是贾宝玉的翻版。

晏殊老来得子，因而晏几道备受宠爱。晏几道不仅天资聪颖，还继承了父亲的文学细胞，7 岁就能写文章，14 岁就参加科举考试，且顺利考中了进士。

据说，幼时的晏几道有过这样一个趣事，像现在的家长喜欢"晒"自家孩子一样，晏殊"晒"自己孩子的形式就很高级。在一场晏殊举行的宴会里，晏几道被叫出来背诗，那时候晏几道刚刚五六岁，面对一众大人的围观，毫不怯场，蹦蹦跳跳地拍着手说："酒力渐浓春思荡，鸳鸯绣被翻红浪。"

宾客们一听，丞相家的小公子竟然喜欢柳永的词，再看看丞相由于尴尬而涨红的脸，大家面面相觑，哭笑不得。晏殊气愤地说："小孩子家不得胡说八道。"晏几道委屈地说："为什么不能唱，我就是觉得好听啊！"晏殊喟然长叹："孺子不可教也！"

晏几道的生活在 17 岁时有了重大的变化，因为父亲晏殊去世了。晏几道顿时体会到了什么叫人情冷暖、世态炎凉。用黄庭坚的话来说，就是"诸公虽称爱之，而又以小谨望之，遂陆沉于下位"——虽然大家都说喜欢他，但都在观望事态的发展，这实际上是在冷落他。

经历过这样一番波折，晏几道的性格变得既敏感又脆弱，用现在的话说，就是抗压能力不够。在三十多岁的时候，晏几道的朋友郑侠因《流民图》反对王安石变法，而被御史台治罪。官吏在搜查郑侠家的时候，发现了一首晏几道写的诗《与郑介夫》（郑侠字介夫）："小白长红又满枝，筑球场外独支颐。春风自是人间客，主张繁华得几时？"于是，政敌们以反对改革，讽刺"新政"为名，将晏几道逮捕下狱。

曾经备极尊荣的宰相之子，因为受朋友牵连，近乎被陷害一样抓起来，而曾经宰相的门生们几乎都在袖手旁观。这实在不能不让人感叹，世事难料，人心凉薄。晏几道的家人赶紧去疏通关系，最后案卷交到了宋神宗赵顼手里。好在赵顼不喜欢搞"文字狱"，他并没有吹毛求疵地去找诗里的"反意"，反而夸赞晏几道文采好，将他无罪释放了。

虽然身体并没有受到什么伤害，但晏几道的家境更加困顿了。俗话说"衙门八字朝南开，有理没钱莫进来"，这一场牢狱之灾也是花费不少。好处是赵顼对于晏几道的文采有了更加深刻的认识，过了不久之后就封他做颍昌府许田镇监。

晏几道虽然四十多岁才有了一个这样小小的官职，但还是很高兴，就给当时的知府韩维献上几首自己写的诗。这个韩维还曾是父亲晏殊的门生，谁知韩维的回复却说："盖才有余，而德不足者。"希望晏几道能"捐有余之才，补不足之德"。

昔日的故人如今用这种高高在上的语气教育评价自己，晏几道内心的欢喜都化作失望，从此远离官场，一头扎进了温柔乡。

据晏几道在《小山词·自跋》里说："沈廉叔，陈君宠家有莲、鸿、苹、云几个歌女。"晏几道每填一词就交给她们演唱，"每得一解，即以草授诸儿，吾三人听之，为一笑乐"。

晏几道写的很多词就是通过两家"歌儿酒使，俱流传人间"。而晏几道也为这几位歌女写了很多的诗词。如写给小云、小鸿的《虞美人》：

> 秋风不似春风好，一夜金英老。

> 更谁来凭曲阑干，惟有雁边斜月、照关山。

> 双星旧约年年在，笑尽人情改。

> 有期无定是无期，说与小云新恨、也低眉。

《木兰花》中写的小莲：

> 小莲未解论心素，狂似钿筝弦底柱。

> 脸边霞散酒初醒，眉上月残人欲去。

> 旧时家近章台住，尽日东风吹柳絮。

> 生憎繁杏绿阴时，正碍粉墙偷眼觑。

还有这首《临江仙·梦后楼台高锁》就是写给小苹的。晏几道感于起伏波折的生活，于是，在他的小令里，"梦"出现的频率特别高。这一首就是以梦开始，他并没有明确地写自己到底做了什么样的梦，而是直接说深夜梦醒后的场景。

楼台朱门紧锁让人暗恨，恨的是心上的人并没有真的在楼台上弹着琵琶起舞。梦里的甜蜜，梦醒后的失落。醒来后只能见到小苹住的楼阁帘幕低垂，门窗紧锁，主人早已经不在这里了。去年的离愁别恨又涌上心头，人在落花纷纷中遗世独立，而不惧微雨的燕子在双双飞翔。燕子尚且能双飞，越发显得那个只能"独立"人的孤单。

古人习惯用"双燕"来反衬诗中人的孤寂。如冯延巳《醉桃源·南园春半踏青时》"秋千慵困解罗衣，画梁双燕归"。这让晏几道想起与小苹第一次见面，她抱着琵琶，穿的薄衫上还绣着双重的"心"字花纹，借着琵琶的弹奏传递相思之意。当时的明月如今仍然在，也是这轮明月，曾经照着小苹彩云一样的身影，翩然归去。

在晏几道的心里，小苹的形象一定是非常美好，无论是"心字罗衣"还是"说相思"都是在表述曾经二人有过的心心相映的情谊。"彩云"则是用来比喻美人。江淹《丽色赋》中说："其少进也，如彩云出崖。"曾经的感情越是深厚，越能让人体会到"人独立"的孤寂。

在晏几道的一生中，见过许许多多的美人，不只是莲、鸿、苹、云几个歌女。但意外的是，晏几道对她们的感情总让人觉得是纯粹的喜爱之情，并没有古代诗人常见的高高在上的喜欢，也没有认为歌妓低自己一头，这种平等的喜欢对于歌妓们也是极为难得的。

可惜的是，迫于现实，这些歌妓不能与家贫如洗的晏几道相守，晏几道几乎是在不断地送别、离别、不告而别中与这些富于才情的女子分离。

　　值得庆幸的是，虽然不能与晏几道相守，但随着晏几道《小山词》的流传，一定有无数人在晏几道的词里去追寻这些可怜又可爱的女子的身影。

黄庭坚　千诗织就回文锦，如此阳台暮雨何

题苏若兰回文锦诗图

[宋]黄庭坚

千诗织就回文锦，如此阳台暮雨何。

亦有英灵苏蕙手，只无悔过窦连波。

黄庭坚，字鲁直，号山谷道人，洪州分宁（今江西省九江市修水县）人，北宋著名文学家、书法家。他是盛极一时的江西诗派开山之祖，与杜甫、陈师道和陈与义素有"一祖三宗"（黄庭坚为其中一宗）之称。也曾与张耒、晁补之、秦观一同游学于苏轼门下，合称为"苏门四学士"。

这首《题苏若兰回文锦诗图》里提到的苏若兰是魏晋三大才女之一，回文诗集大成者。如同很多才女一样，她的诗词也在历史的洪流中无法留存，但是她却留下了一幅传世之作《璇玑图》。而这幅《璇玑图》的来历也是一个耐人寻味的故事。

苏蕙，字若兰，陕西始平人。苏蕙从小就天资聪颖，3岁学认字，5岁能背诗，7岁学作画，9岁开始学习刺绣，12岁的时

候就已经开始学习织锦。及笄之年，她早已出落成远近闻名的才女。提亲之人络绎不绝，但没有一人能入苏蕙之眼。再加上年龄还小，家里人也并没有太过着急。

16岁那年，苏蕙随父亲去游览阿育王寺，此时寺内风光正好。在游览到阿育王寺西池畔时，正好看见一个身形矫健的少年在搭弓射箭，向天上射去，飞鸟应声而落；俯身射水，水面飘起带矢的游鱼。箭无虚发，每发皆中，迎来周围的一片叫好之声。

苏蕙留意到池案旁还有一把已经出了鞘的宝剑，下面压着几卷经书。这一切无已不是在说明，这个少年身手不凡还饱读诗书。

苏蕙与父亲上前同少年聊天，得知他是右将军窦真之孙，名叫窦滔，当时已经是秦州刺史。窦滔也曾听闻苏道质的女儿"识知精明，仪容秀丽，谦默自守，不求显扬"，一见之下也很是倾心。于是，窦滔便用八抬大轿将苏蕙迎娶回秦州城。

婚后二人琴瑟和鸣，吟诗对画，和和美美地生活了很久。直到秦王苻坚攻占秦州，因为窦滔前朝之臣的身份，苻坚对他总有些不放心，又有几个曾经与窦滔结怨的下属诬告，说窦滔要密谋造反，秦王苻坚就将窦滔发配到了沙洲服苦役，夫妻二人就此分离。

苏蕙在家既要侍奉公婆，又要教导孩子，加之思念丈夫，生活过得很是辛苦。而窦滔在沙洲虽然是在服役，但日子过得还算不错。加上平日里生活倍感寂寞，所以就找了一个叫赵阳台的歌舞伎做妾。因为书信难通，所以这件事苏蕙也并不知晓。

直到符坚统一了北方大部分地区，想要灭掉东晋的时候想起窦滔来了，因此又将窦滔升职为安南将军，让他率军镇守襄阳。这时，窦滔离家已经五年多了，在去襄阳的途中，窦滔中途回了一趟家。

窦滔出现在苏蕙眼前的时候，苏蕙简直不敢相信自己的眼睛，日思夜想的丈夫就这样出现，苏蕙恍然间觉得这是一个梦。激动的泪水还没有擦干，一个面容姣好的女子就这样出现了，"她叫赵阳台……"窦滔接下来说了什么，苏蕙已经听不见了。去服役的丈夫竟然还有心情找个小妾，而自己在家每日劳作，操持家务不说，曾经因为担心、思念所流下的眼泪，现在似乎都变成一种讽刺。

恍惚之中，窦滔似乎也让苏蕙跟随自己去襄阳，但是备受打击、心灰意冷的苏蕙拒绝了。也许是分离太久没有见到妻子，曾经的美好也在这五年之中淡化了，窦滔只带着赵阳台奔赴襄阳，再次将苏蕙留在了家中。

窦滔走后，苏蕙日思夜想都觉得心有不甘。自己曾经与窦滔相处的点点滴滴，那些新婚后的柔情蜜意一下子就变成自己一个人的回忆了吗？苏蕙心痛难忍，为了排遣自己的愁绪，她写了很多首诗，其中有一首这样说：

夫妇恩深久别离，鸳鸯枕上泪双垂。思量当初结发好，岂知冷淡受孤凄。

去时嘱咐真情语，谁料至今久不归。本要与夫同日去，公婆年迈身靠谁？

更想家中柴米贵，又思身上少寒衣。野鹤尚能寻伴侣，阳雀深山叫早归。

可怜天地同日月，我夫何不早归回？织锦回文朝天子，早赦奴夫配寡妻。

苏蕙不愧是才女出身，她的诗句越写越多，也逐渐冷静了下来。也许孤身在外的丈夫只是一时孤寂难耐，毕竟曾经的海誓山盟那样真挚。于是她想了一个法子，将自己所做的诗重新删选、排序，然后用幼时就已经学会的织锦手法，将这840个字织成了一幅图，称之为《璇玑图》。

此图一出，虽然引起不少人的注意，但是许多人都看不懂。苏蕙不无骄傲地说："徘徊宛转，自为语言，非我佳人，莫之能解。"有人不信，就将这幅图送到窦滔那里，本以为窦滔也未必能懂，谁知道窦滔读得津津有味，读完之后感叹，这些年苏蕙过得实在辛苦。自己带着赵阳台出来，定让她伤心不已，辜负了这些年苏蕙的等待。于是，他派人将赵阳台送走，又接苏蕙来到自己身边，再三道歉，终于与苏蕙和好如初。

　　《璇玑图》挽救回了苏蕙的婚姻，也给众人留下了太多的谜题。在后期的传抄中，有人在苏蕙840字的基础上，在图的中间添加了一个"心"字，流传下来的整幅图是841字。

　　一代女皇武则天对此图也赞不绝口，并亲自为其作序"才情之妙，超古迈今……因述若兰之才美。"历代均有人研究此图能解出多少首诗，直到现代，约可解出7958首诗，而关于《璇玑图》的解释，仍然需要持续不断的研究。

管道升　你侬我侬，忒煞情多

我侬词

[元]管道升

你侬我侬，忒煞情多，情多处，热如火。把一块泥，捻一个你，塑一个我。将咱两个，一齐打破，用水调和。

再捻一个你，再塑一个我。我泥中有你，你泥中有我。与你生同一个衾，死同一个椁。

管道升，字仲姬，一字瑶姬，浙江德清茅山（今浙江干山镇茅山村）人，一说华亭（今上海青浦）人，元代著名的女书法家、画家、诗词创作家。管道升的才华更多的是在书画上面，存世的《水竹图》等卷，现藏于北京故宫博物院；《竹石图》1帧，藏于台北故宫博物院。

她的书法成就卓然，与东晋的女书法家卫铄"卫夫人"并称中国历史上的"书坛两夫人"。

管道升天资聪颖，"翰墨词章，不学而能"，据传她是春秋时期管仲的后代。与那些专注于诗词的才女不同，管道升更擅长画画，尤其爱画墨竹、兰、梅，笔意清绝。加之喜欢书法，所以管道升性格沉静、娴雅，遇事沉得住气。也许是这样的性格，才让管道升在26岁还没有成亲时显得没那么慌乱不知所措。

也许，很多事是注定的，也许，管道升不急于出嫁是上天为了给她一个更好的归宿。26岁那年，管道升遇见了大才子赵孟頫。

"夫人生而聪明过人，公甚奇之，必得佳婿。予舆公同里闬，公又奇予以必贵，故夫人归于我。"对于自己能娶管道升为妻，赵孟頫也很是得意。毕竟不是谁都能找到一个与自己志趣相投的才女为妻的，而能被赵孟頫"精挑细选"才选中的女子自然也不是泛泛之辈。

赵孟頫是宋太祖赵匡胤的十一世孙。他博学多才，能诗善文，懂经济，擅金石，尤其以书法和绘画的成就最高。在绘画上他开创了元代的新画风，被称为"元人冠冕"。在书法上，他精通篆、隶、行、真、草书，更以楷、行书著称于世。其书风遒媚、秀逸，笔法圆熟，称为"赵体"书，与欧阳询、颜真卿、柳公权并称"楷书四大家"。

赵孟頫与管道升既各有千秋，又珠联璧合，彼此之间共同的兴趣和爱好让二人自从婚后就琴瑟相和。白日里一起画屋外的梅兰竹菊、花鸟鱼虫；天色昏暗时，就铺上一张宣纸，共同执笔写字。对于画画和写字，两人有着聊不完的话题，也有着别人理解不了的默契。

两人又都是饱读诗书之人，闲来也会吟诗作对，赵孟頫画张《春江垂钓图》，管道升就来补个墨竹；管道升画张梅花，赵孟頫就来题字，如《题管道升梅竹卷》：

道升素爱笔墨，每见余尺幅小卷，专意仿摹，落笔秀媚，超逸绝尘、此卷虽是小景，深得暗香疏影之致、故予品题，聊缀小诗，以记一时之兴云。

大德二年九月既望，吴兴赵孟頫书。

这样诗、书、画三绝的夫妻，不止是在元朝，就是在整个历史中都是少见的。二人之间甜蜜的感情也让人羡慕不已，清代的钱谦益在《观管夫人画竹并书松雪公修竹赋敬题短歌》一诗中就曾评价道："天上人间此佳偶，齐劳共命兼师友。"

共同生活了十几年，管道升与赵孟頫都过得如神仙眷侣一样，但是再像神仙眷侣也总有闹矛盾的时候，而且一来就是一个大矛盾。

赵孟頫在任浙江儒学时，遇见了一个叫崔云英（也有版本说叫郦云红）的歌妓，不知怎么就动了纳她为妾的念头。但是想一下自己与管道升多年的恩爱，他又说不出口，于是写了一封信给管道升：

我学士，尔夫人。岂不闻王学士有桃叶、桃根，苏学士有朝云、暮云？我便多娶几个吴娘、越女，也无过分，你年纪已过四旬，只管占住玉堂春。

虽然有了纳妾的念头，但是不得不说，写这封信的赵孟頫，应该是鼓足了勇气，并且小心翼翼的。那个时候男子纳妾简直就是常态，甚至还有很多贤惠的妻子主动帮丈夫纳妾。但是十多年的恩爱让赵孟頫觉得开不了口，也许潜意识也觉得这样会让管道升伤心，所以才显得小心翼翼。

管道升接到信肯定会伤心，但是更多的应该是对二人十多年感情的信任。毕竟，真正变心的男人是不会在意妻子的意见的。于是，管道升也并没有特别气愤难当，而是淡定地写了一首《我侬词》送给了赵孟頫。

用泥来比喻夫妻关系，你中有我，我中有你，用一块泥，捏出你我，打碎之后重新调和，真真正正实现你中有我，我中有你。词中一句没提赵孟頫要纳妾之事，只是最后表示了自己的态度：坚持自己爱情里的排他性。

这首词的效果不是一般得好，据说赵孟頫得到这首词"大笑而止"，然后就给崔云英写了一首诗回绝了她。"春寒恻恻掩重门，金鸭香残火尚温。燕子小来花又落，一庭风幽自黄昏。"自此，再不提纳妾之事。

又过了很多年，赵孟頫晋升为荣禄大夫，官居从一品。

虽然贵为一品大员，但因为是宋皇室后裔入元朝为官，官职
再高也没法毫无负担地施展自己的抱负，他心中常因此郁闷
不已。管道升深知他的苦楚，曾作《渔父词》四首劝他不如
辞官归隐：

> 人生贵极是王侯，浮名浮利不自由。
>
> 争得似，一扁舟，弄月吟风归去休。

还有一首词同样写道：

> 南望吴兴路四千，几时闲去雪溪边。
>
> 名与利，付之天，笑把渔竿上画船。

　　一直到管道升生病，赵孟頫才得以请旨还家，可惜管道升
不到一个月的时间就逝于临清舟中。从成婚到去世，他们二人
做了三十年的夫妻。管道升去世后，赵孟頫悲痛不已，亲自写
《魏国夫人管氏墓志铭》：

> 夫人天姿开朗，德言容功，靡一不备。能处家事，内外整
> 然。岁时奉祖先祭祀，非有疾，必斋明盛服，躬致其严。夫族
> 有失身于人者，必赎出之。遇人有不足，必周给之无所吝。至
> 于待宾客，应世事，无不中礼合度。

　　又在与自己恩师的信中写："孟頫自老妻亡故，伤悼痛切，
如在醉梦……盖是终身得老妻之助整三十年，一旦哭之，岂特
失左右手而已也耶！哀痛之至，如何可言。"

　　在管道升去世之后不到三年的时间，赵孟頫也因为悲伤过

度追随管道升而去。赵孟頫留下遗嘱与管道升合葬于千秋乡东
衡山，实现了管道升《我侬词》中所写的"我泥中有你，你泥
中有我。与你生得一个衾，死同一个椁"的愿望。

第三辑

如此情深，却难以启齿

世间有这样一种感情，是"山有木兮木有枝，心悦君兮君不知"——万般心思，却不知从何说起，只能寄希望于春风——"年年忆着成离恨，只托春风管领来"。

徐德言　镜与人俱去，镜归人不归

无　题

[隋] 徐德言

镜与人俱去，镜归人不归。

无复嫦娥影，空留明月辉。

徐德言是南北朝时期江南著名的才子，大诗人徐陵的孙子。徐陵在陈代官位很高，而徐德言在陈代官至太子舍人，被南朝后主陈叔宝的妹妹乐昌公主招为驸马。

乐昌公主虽然贵为公主，却并没有上位者的骄奢淫逸，而且性情温和，长得很美丽，举止更是高雅大方，还有很深的文学造诣。乐昌公主不仅秀外慧中，选婿的眼光更是独特，不要达官显贵，独重诗文才学。等到婚配的年纪，更是自己做主嫁给了徐德言，果然婚后夫妻二人互敬互爱，夫唱妇随，感情很好。

婚后不久，在北方的土地上，杨坚取代了北周静帝而成为隋文帝。建立隋朝之后杨坚有志一统中国，很快就发兵攻打江南，并消灭了陈国。那时候还没有亡国之君必死的惯例，一般都是所有皇室及亲族被一起转移到一个地方，宫中的女子大多都许配给了有功之臣。

当时，陈后主及皇族就被虏北上，被押解到隋朝国都长安。乐昌公主也在被押解的人之中。她预感到自己与徐德言很快就要被拆散，于是，分别之前，乐昌公主将梳妆台上的一面铜镜一分为二，夫妻二人各执一半，并约定以后每年的正月十五，都到长安街上叫卖铜镜，直到找到对方的下落。

乐昌公主很快就被带走了，而徐德言手执铜镜，满心的悲凉。此去长安千里路，兵荒马乱之中，自己一个亡国之臣简直是寸步难行，更不知道乐昌公主会被发配到哪。如果出了长安，夫妻相见的希望就更加渺茫了。但想起临别之时妻子的殷殷嘱托，思及之前恩爱的时光，他下定决心，无论如何，等局势稍微平缓就要先去长安试一试，总不能答应妻子之后还失言。

乐昌公主被带到长安，杨坚将她赏给了自己的右丞相杨素。杨素是统军主帅，容貌伟岸还精通诗文，他得到乐昌公主之后，对这位容貌出众又富有才情的南朝公主十分满意，对她也疼宠非常，在丞相府里有着不下于女主人的地位。

白天，乐昌公主对着别人尚能欢笑如常，到了夜深人静的时候，却总是会怀念曾经的故国和曾经的丈夫徐德言。不知道徐德言现在的情况如何，还记不记得正月十五之约。这样在杨素的宠溺之中，在对徐德言的思念当中，日子一天天过去，转眼就到了第一个正月十五。

元宵佳节的长安城热闹非常,乐昌公主让自己的贴身老仆带着一直珍藏的铜镜去长安街叫卖。于是在十五月圆之夜,长安街的人们就见到了一个衣着朴素的老妇人,手拿半面铜镜在叫卖,偶尔有人去问,价格更是高得离谱。有人觉得可能是这位老婆婆神志不清,再也没有人上前询问了。

第一年的正月十五就这样过去了,乐昌公主还安慰自己,可能徐德言有事情没有及时赶来。但第二年的正月十五仍旧是这样,还是见不到有人拿着另一半铜镜前来。这一次,乐昌公主就没办法再用别的借口安慰自己,她甚至有了最坏的打算,如果不是徐德言已经变心,那就只能是他已经不在人世了。她赶紧打消这样的念头,并告诉自己无论如何都要坚信,徐德言一定会来找自己,不会辜负彼此的情谊。

第三年的正月十五,那个老仆人仍旧带着铜镜上街叫卖,这次终于有了新的发现。一个年轻人也拿着半面铜镜在叫卖,并宣称如果有人有与此镜相和的另一半,就免费将手里的镜子送给那个人。老婆婆拿着另一半镜子上前,那个年轻人显得很激动,两人找到一处僻静的地方谈话,年轻人自然就是徐德言,他打听了一下乐昌公主现在的处境,将那半面铜镜给了老婆婆,留下自己现在的住址之后落寞地走了。

老婆婆赶紧回府向乐昌公主报告,乐昌公主看着手里严丝合缝拼好的镜子，赶紧打开写有徐德言住址的字条，发现除了地址之外，还有一首关于镜子的诗：

镜与人俱去，镜归人不归。

无复嫦娥影，空留明月辉。

镜子和人一起离开了我，镜子找到了人却没有回来，天空中再也找不到嫦娥的影子，徒留一轮明月孤独地照着。不知道看见镜子却看不见自己的徐德言是何等的伤心失望，乐昌公主悲从中来，抱着镜子放声大哭。

这时，杨素派人前来接乐昌公主与自己共度元宵，却被仆人告知，乐昌公主正抱着一面铜镜在伤心哭泣。仆人不敢惊扰她，就如实汇报了杨素。杨素心中好奇，当天晚上就来到了乐昌公主的房中，语气温柔地问，是否有什么隐情，不然为何一向端庄的乐昌公主会哭得如此伤心，并言明自己不会怪罪于乐昌公主。

乐昌公主本来心里就十分难过，杨素还一直在问，就一五一十地将铜镜的来历告诉了杨素，并跪在杨素脚旁哀求，只希望能见上徐德言一面，也算是了却一桩心愿。

听了铜镜的故事，杨素心里不是不生气，但感于乐昌公主和徐德言毕竟是结发夫妻，之前感情又很好，现在这样还算情有可原。反正只是让他们二人见一面，了结了他们今生的夫妻缘分也好，从此以后乐昌公主就能专心跟着自己过日子，于是同意了乐昌公主的请求。而乐昌公主却天真地觉得自己与徐德言还有相聚的机会。

这一天，相府摆下丰盛的宴席，徐德言心事重重地前来赴宴。席间，曾经是自己妻子的人，如今只能以宴会主人宠妾的身份与自己四目相对，徐德言的心里五味杂陈，乐昌公主心中自然也不好过。宾主礼貌性地寒暄入座后，乐昌公主望着已经略显苍老的丈夫默默地写了一首诗：

> 今日何迁次，新官对旧官。
>
> 笑啼俱不敢，方验作人难。

一首诗道尽了彼此的尴尬、心酸和不知所措。略喝过几杯酒后，徐德言简单地说了一下别后的生活，乐昌公主安慰了他几句，并说自己已经身有所属，没办法再陪伴在徐德言身边，希望他能再找一位妻子，照顾他的下半生。

徐德言满面哀愁，缓缓说道："能再见你一面，我心愿已了。今生已经不想再娶，返回江南之后就准备出家，青灯古佛度此残生。"说完就已经泪流而下，而乐昌公主听完这席话，早已经控制不住自己，涕泪俱下了。

这边昔日的两夫妻哭得不能自已，杨素看着也觉得有点可怜。自己尽心对待乐昌公主三年，她却还是心念昔日的丈夫，如果这次还是让他们分开，乐昌公主的心一样不会留在自己身边。与其留一个心不在此地的侍妾，还不如干脆放他们夫妻团圆。

于是，杨素当场就对还在哭泣的二人说："感念你们的夫妻情谊，我决定将乐昌公主还给徐公子，让你们也和那铜镜一样，可以破镜重圆。"乐昌公主与徐德言简直不敢相信自己的耳朵，愣了一会儿，赶忙跪地拜谢。

杨素说到做到，不仅让乐昌公主搬去徐德言的住处，还打算给徐德言找一个官做。徐德言连忙推辞，并表示希望可以带着乐昌公主回到江南老家。杨素不仅帮他们二人离开长安，还给他们带上不少的盘缠，并命令江南的地方官将徐德言之前的房产还给他，以便让他们夫妻有个容身之处。

回到江南之后，破镜重圆的故事不胫而走，总有人想要去见识一下故事的主人公，每日前来拜见的人数不胜数。徐德言和乐昌公主为了清净，后来就搬入了姑苏城内隐居，但仍然不堪其扰，最后干脆买了一艘小船，以船为家终日漂泊。最后，夫妻二人死后合葬一墓，陪葬的就是那枚重新和好的铜镜。

自此，"破镜重圆"的故事也这样流传了下来。

顾况　君恩不闭东流水，叶上题诗寄与谁

叶上题诗从苑中流出

[唐]顾况

花落深宫莺亦悲，上阳宫女断肠时。

君恩不闭东流水，叶上题诗寄与谁。

顾况，字逋翁，晚年自号悲翁，汉族，唐朝海盐人，（今浙江海宁）人。唐代诗人、画家、鉴赏家。他一生官位不高，曾任著作郎，因作诗嘲讽得罪权贵，贬饶州司户参军。他强调诗歌的思想内容，注重教化，也曾模仿《诗经》作《上古之什补亡训传十三章》，并效法《诗经》小序，取诗中首句的一二字作为题目，标明主题，开白居易《新乐府》"首句标其目"的先例。

顾况与白居易之间还有这样一则趣事：当时年少的白居易去参加科举考试，到了京城之后，就兴冲冲地拿着自己的诗作去拜见已经是著作郎的顾况。顾况见到诗稿上面"白居易"三个字，就开玩笑对白居易说："长安米贵，白居不易啊！"然后

才开始看诗稿。

顾况看到的第一首就是著名的《赋得古原草送别》：

离离原上草，一岁一枯荣。野火烧不尽，春风吹又生。

顾况不由感叹道："能写出这样的诗句，在哪里居住都很容易啊！"之后，顾况就经常向别人谈起白居易的诗词，大加夸赞，白居易的名气就这样传开了。

顾况一生也没有做过什么大官。他幼年跟随自己的叔叔七绝和尚学习过佛经，虽然并没有出家，但是深受佛法影响。又因为与很多诗僧相交，所以他的诗多是关注现实问题，也因此得罪权贵，在官职上始终没有太大的作为。

如他的代表作《上古之什补亡训传十三章》中的《囝》，就是揭发唐代闽中官吏常用幼童作阉奴这一罪恶行径，写得极其沉痛。

而七言歌行中《公子行》《行路难三首》，则揭露了贵族子弟的豪奢生活，讽刺封建统治者追求长生的愚昧行为，颇有现实意义。

著名成语故事"红叶传情"，就是顾况亲身经历的一段佳话。

据传，唐天宝年间的一个秋天，身在洛阳的顾况常常感到怀才不遇，经常与朋友一起在洛阳闲逛。有一天逛到了皇宫之外的河边，眼尖的顾况拾得了从上阳宫水道流向下水池（今洛阳市西下池村）的一片红叶，红叶上面居然题有一首诗：

　　一入深宫里，年年不见春，

　　聊题一片叶，寄与有情人。

　　顾况仔细品味着红叶上的诗句，有感于自己怀才不遇，与这深锁宫中的宫女颇为相似，生出同病相怜的感情。于是也和诗一首，即《叶上题诗从苑中流出》：

　　花落深宫莺亦悲，上阳宫女断肠时。

　　君恩不闭东流水，叶上题诗寄与谁。

　　当时，唐玄宗李隆基后宫的宫女数量最多时高达四万人，大部分人终其一生不要说侍奉皇帝了，可能连皇帝的面都没有见过。"白头宫女在，闲坐说玄宗"在那个时候并不是个别现象，大多数宫女只能在寂寞的宫墙内耗完自己的一生。

　　顾况题完诗又特意跑到河的上游，让这片叶子能顺着水流流向上阳宫。他期望那个写诗的宫女能看见，之后的几天更是天天到河边乱转，希望能再收到回复。

　　过了十多天，他竟然真的收到了红叶复诗，上面写着：

　　一叶题诗出禁城，谁人酬和独含情。

　　自嗟不及波中叶，荡漾乘春取次行。

　　那时候的唐玄宗正在独宠贵妃杨玉环，上阳宫几乎就相当于一座冷宫。据说里面当时可能有宫人上万，如果没有意外，她们从十五六岁进宫，等到能被放出去，可能要这样孤寂地等上几十年。

顾况与这个宫女借着水流与红叶传送着彼此的心声。但是，对于顾况来说，也只能是这样了——皇帝可能永远想不起来上阳宫还有一群宫女在，但是年龄未到，这些宫女就出不了这个宫门，自然也谈不上"有情人终成眷属"。

后来，因为"安史之乱"，国家飘摇动荡，皇室不得不缩减日常的用度，很显然那几万人的宫人就是最先被缩减的部分。皇帝不仅特赦一大批宫女出宫，还将其中一些年纪、容貌都比较不错的赏赐给臣子，顾况自然也收到了皇帝所赐予的"礼物"。

来到顾况家的宫女最开始只是做一些收拾屋子、洒扫之类的活。后来在一次打扫书柜时，宫女无意间发现了几片早已干枯的红叶，上面的字迹虽然已经模糊不清，但还是能认出是自己的笔迹。而顾况这时候才知道，自己心心念念的知音竟然就在眼前！

本以为止步于红叶题诗的缘分，竟然还有了这样美好的发展。两人不由欣喜不已，感谢上天的垂怜，最后二人结为连理。对于他们而言，最好的爱情，也许就是像这样以诗会友，通情达意。虽然历经波折，但最后还是幸福地生活在了一起。

直到两年之后，顾况任职新亭监。新亭在临海，在去往新亭的路上，顾况游览了赤城山等风景，又夜宿灵犀驿站，最后才从水路到达临海。一路的奔波，加之对自身境遇的感叹，顾况写了三首行路难，其中一首为：

君不见担雪塞井空用力，炊砂作饭岂堪食。一生肝胆向人尽，相识不如不相识。

冬青树上挂凌霄，岁晏花凋树不凋。凡物各自有根本，种禾终不生豆苗。

行路难，行路难，何处是平道？中心无事当富贵，今日看君颜色好。

据说顾况担任新亭监足有二十多年，对于顾况来说，时间久远到什么雄心壮志都磨没了，于是他就干脆地辞官归隐了。归隐之前还有人说要对他委以重任，他却写了一首诗回复说：

四海如今已太平，相公何用唤狂生。

此身还似笼中鹤，东望沧州叫一声。

虽然仕途不顺，但是总还算有佳人相伴，这对于顾况来说，也算是一种慰藉。而且，据说顾况与妻子"红叶传情"之事传开后，还有很多宫女也模仿此事，确实在以后间接促成了不少姻缘。

白居易 惟有潜离与暗别，彼此甘心无后期

潜别离

[唐]白居易

不得哭，潜别离。不得语，暗相思。两心之外无人知。

深笼夜锁独栖鸟，利剑春断连理枝。河水虽浊有清日，

乌头虽黑有白时。惟有潜离与暗别，彼此甘心无后期。

白居易，字乐天，号香山居士，又号醉吟先生，是唐代伟大的现实主义诗人。他曾与元稹共同倡导新乐府运动，因而世称"元白"，又与刘禹锡并称"刘白"。

白居易出生在一个小官宦之家，少时不仅天资聪颖，读书更是刻苦，"昼课赋，夜课书，间又课诗，不遑寝息矣。以至于口舌成疮，手肘成胝。既壮而肤革不丰盈，未老而齿发早衰白。"意思是因为自己白天作赋，晚上还要练字，空闲时间还要学诗，顾不上休息，时间一长口舌生疮，手肘起了厚厚的茧子。虽然年龄还很小，但是皮肤已经松弛没有光泽，牙齿松动头发花白如老人了。

这样的苦读加上天资，更是很早就看见效果，白居易在 16 岁时，就写出了如今家喻户晓的《赋得古原草送别》：

　　离离原上草，一岁一枯荣。

　　野火烧不尽，春风吹又生。

　　远芳侵古道，晴翠接荒城。

　　又送王孙去，萋萋满别情。

有才华的人终究还是会发光的，白居易在 29 岁的时候就已经考中进士，是同榜最年轻的一个，"慈恩塔下题名处，十七人中最少年！" 35 岁的时候就写下了传世之作《长恨歌》。

不得不提一下，白居易是唐朝著名诗人里结婚最晚的一个——写下《长恨歌》的时候，他还没有成亲。在十四五岁就开始议亲的古代，白居易的婚姻似乎也太晚了一点，而这一切都与一个叫湘灵的女孩有着分不开的关系。

白居易 11 岁的时候，因为家乡战乱，就随母亲搬到父亲白季庚任官所在地——徐州符离（今安徽省宿县境内），在符离的家中与当时邻居家 7 岁的小女孩湘灵成为玩伴。湘灵虽然家境一般，但胜在正是活泼可爱之时，又略懂音律，与白居易相处八年之后，长大成人的两人自然发展成了恋人关系。白居易还写了一首《邻女》形容湘灵：

　　娉娉十五胜天仙，白日嫦娥旱地莲。

　　何处闲教鹦鹉语，碧纱窗下绣床前。

　　但是这样的青梅竹马并没有打动白居易的母亲，她和很多的封建家长一样，并不在意婚姻的质量，在意的是那个娶回家的女子有没有相应的家世背景，显然湘灵不符合她的标准。在白居易的苦苦哀求之下，她还是拒绝了白居易的请求。

　　白居易虽然没有说服母亲，但也并没有就此妥协，他一面继续苦读，一面与湘灵保持着来往，并没有听从母亲的话迎娶他人。

　　等到白居易27岁的时候，他要离开符离，准备去考试了。临行之前他最放心不下的就是湘灵了，这一分别不知要持续多久。在去往考试的途中，白居易连写了三首怀念湘灵的诗：

《寄湘灵》

　　　　泪眼凌寒冻不流，每经高处即回头。

　　　　遥知别后西楼上，应凭栏杆独自愁。

《寒闺夜》

　　　　夜半衾裯冷，孤眠懒未能。

　　　　笼香销尽火，巾泪滴成冰。

　　　　为惜影相伴，通宵不灭灯。

《长相思·九月西风兴》

　　　　九月西风兴，月冷露华凝。

　　　　思君秋夜长，一夜魂九升。

　　　　二月东风来，草拆花心开。

思君春日迟，一日肠九回。

妾住洛桥北，君住洛桥南。

十五即相识，今年二十三。

有如女萝草，生在松之侧。

蔓短枝苦高，萦回上不得。

人言人有愿，愿至天必成。

愿作远方兽，步步比肩行。

愿作深山木，枝枝连理生。

通读此诗，诗人与湘灵深厚的感情与乍然分别的痛苦溢于纸上。带着万般不舍，白居易一去就是两年，最后高中进士，载誉而归。他心中惦念分别已久的湘灵，回到家乡符离待了差不多十个月。

相思之苦折磨着这对分别已久的恋人，白居易以为有了功名在身，母亲会容易答应自己娶湘灵的要求，可固执的白母仍旧没有同意，白居易最后更是负气离家。并写有一首《生离别》：

食蘗不易食梅难，蘗能苦兮梅能酸。未如生别之为难，苦在心兮酸在肝。

晨鸡再鸣残月没，征马连嘶行人出。回看骨肉哭一声，梅酸蘗苦甘如蜜。

黄河水白黄云秋，行人河边相对愁。天寒野旷何处宿？棠梨叶战风飕飕。

生离别，生离别，忧从中来无断绝。忧极心劳血气衰，未年三十生白发！

有了功名开始做官的白居易仍旧没有忘记湘灵，二人虽然不能见面甚至书信不通，却并没有影响对彼此的情谊，在白居易32岁在长安担任校书郎时，再次回到符离请求母亲同意，这个时候湘灵仍旧没有出嫁，想必她面临的压力要比白居易更大。

但是固执的白母再次拒绝了白居易的要求，甚至这一次，她严令白居易不许与湘灵相见。白居易只得再次作诗表达对湘灵的感情：

《冬至夜怀湘灵》

艳质无由见，寒衾不可亲。

何堪最长夜，俱作独眠人。

《感秋寄远》

惆怅时节晚，两情千里同。

离忧不散处，庭树正秋风。

燕影动归翼，蕙香销故丛。

佳期与芳岁，牢落两成空。

《寄远》

欲忘忘未得，欲去去无由。

两腋不生翅，二毛空满头。

坐看新落叶，行上最高楼。

暝色无边际，茫茫尽眼愁。

这首《潜别离》，即表述自己的绝望。

连哭都不敢哭，因为连送别都只能是偷偷进行；连话都不敢多说，再多的相思也只能放在心里。这样的感情只有我和你能明白，别人都不能理解。在幽深的夜里用笼子锁住了孤独的鸟，用锋利的剑斩断了本来连在一起的枝条，在最需要陪伴和依靠的时候被生生分开，其中的痛苦可想而知。河水有清有浊，头发虽然黑却总有变白的时候，只有这样的潜离和暗别，我们心里都知道，是永远没有再见之日的。

在封建社会，婚姻本就是父母之命、媒妁之言。无力反抗母亲的白居易只能消极抵抗，不让娶湘灵，那他就谁也不娶。也许这样的母子对峙，最后介意的已经不是湘灵的家世背景了。在那个"出嫁从夫，夫死从子"的时代，大多数母亲虽然希望儿子婚姻幸福，但通常都不会希望儿子太把儿媳妇放在心上。白母可能希望的是白居易将自己的地位放在湘灵之前，因为白居易表现出对湘灵的在乎，所以更加反对他们在一起。

白居易最终还是妥协了，在38岁时与同僚杨汝士的妹妹成亲。虽然是受母亲逼迫娶妻，但白居易仍旧很尊重杨氏，称赞她"君家有贻训，清白遗子孙"，并作《赠内》诗表示既然为夫妻，就要"生为同室亲，死为同穴尘。"

但是，白居易与杨氏之间更多的是相敬如宾的夫妻之情。能触动内心的爱情，白居易大部分还是留给了湘灵，在婚后还经常写诗怀念她。

《夜雨》

> 我有所念人，隔在远远乡。
>
> 我有所感事，结在深深肠。
>
> 乡远去不得，无日不瞻望。
>
> 肠深解不得，无夕不思量。
>
> 况此残灯夜，独宿在空堂。
>
> 秋天殊未晓，风雨正苍苍。
>
> 不学头陀法，前心安可忘。

《感镜》

> 美人与我别，留镜在匣中。
>
> 自从花颜去，秋水无芙蓉。
>
> 经年不开匣，红埃覆青铜。
>
> 今朝一拂拭，自照憔悴容。
>
> 照罢重惆怅，背有双盘龙。

婚后第七年，白居易因为写诗讽刺时事，为人所不喜，蒙冤被贬为江州司马。被贬途中遇见漂泊在外的湘灵父女，这时候白居易已经44岁，身边有妻儿陪伴。湘灵也已经40岁了，却仍旧未嫁人。两人一别十数年，在异乡得以相见，不禁抱头痛哭。白居易更是写下《逢旧》一首：

> 我梳白发添新恨，君扫青蛾减旧容。
>
> 应被傍人怪惆怅，少年离别老相逢。

白居易的《长恨歌》，写出的感情让人动容，甚至远比杨玉环和李隆基本身的感情更加让人感动。也许，在他的心里，《长恨歌》所写的不光是杨玉环和李隆基，还有自己与湘灵的深情挚爱。所以才会有"在天愿作比翼鸟，在地愿为连理枝，天长地久有时尽，此恨绵绵无绝期"的期待和无望。

白居易与湘灵江州一别，此生就再也没有相见的机会了，在他53岁的时候，曾经途经故乡，可湘灵早已杳无踪影，连是生是死都不知道了……

李煜　花明月暗笼轻雾，今宵好向郎边去

菩萨蛮·花明月暗笼轻雾

[南唐]李煜

花明月暗笼轻雾，今宵好向郎边去。刬袜步香阶，手提金缕鞋。

画堂南畔见，一向偎人颤。奴为出来难，教君恣意怜。

李煜，初名从嘉，字重光，号钟隐、莲峰居士，生于金陵（今江苏南京），祖籍彭城（今江苏徐州铜山区），是南唐最后一位国君，世称南唐后主、李后主。他精通书法，工于绘画，通音律，以词的造诣最高，有着花间派词人的风格。其亡国后的词更是含义深沉，题材广阔。

李煜是南唐李璟的第六子，上面还有五个哥哥的他为了表示自己无意于皇位，早早就远离政治中心，醉心于诗文美姬。谁知命运总是喜欢开玩笑，据说李煜有一只眼睛是重瞳，有臣子上书说是天选之兆，于是这个根本不想当皇帝也不适合当皇帝的人，成了南唐最后一任国主。

李煜被封为太子后，李璟做主将南唐开国元老司徒周宗之女周娥皇选为太子妃。虽然是政治婚姻，但周娥皇"晓书史，善歌舞，精音律，尤以弹琵琶见长。"更因气质高雅冠绝六宫。成婚后她与李煜恩爱非常，李煜也为娥皇才貌所迷，作《长相思·云一涡》形容娥皇之风姿：

云一涡，玉一梭，淡淡衫儿薄薄罗，轻颦双黛螺。

秋风多，雨相和，帘外芭蕉三两窠。夜长人奈何。

两人之间的感情并没有随着时间流逝而变淡，反而越发恩爱，难舍难分。偶尔李煜有事不能相陪，娥皇在宫中就事事提不起精神，睡不好吃不下，李煜看在眼里自然疼惜不已。他有一首《谢新恩》记述了娥皇的痴情：

樱花落尽阶前月，象床愁倚薰笼。远似去年今日，恨还同。

双鬟不整云憔悴，泪沾红抹胸。何处相思苦？纱窗醉梦中。

二人经常一个弹琴，一个填词，琴词相和。李煜作《念家山》，娥皇便弹奏词调作《邀醉舞》。国事尚有李璟做主，李煜更愿意沉浸在与娥皇的风花雪月之中。不是只有娥皇会觉得分离难耐，李煜也是如此。每年中秋当日娥皇都要回娘家省亲，李煜便会觉得相思难熬，盼望她赶快回来，等她回来就兴冲冲地给她展示自己刚作的《长相思》：

一重山，两重山。山远天高烟水寒，相思枫叶丹。

菊花开，菊花残。塞雁高飞人未还，一帘风月闲。

娥皇因为擅长弹琵琶，又喜欢古曲，曾经和李煜一起追寻《霓裳羽衣曲》，将所获曲谱重订，使其越发清脆动听。娥皇弹奏，李煜倾听，琴音弹给知音听。每年七夕李煜生辰，娥皇都会装饰宫中，"红丝作墙，玳瑁为钉"，还有上百匹的红、白丝罗，作月宫天河之状，弹奏琴曲，又有宫女彻夜歌舞，天明将歇。可以说一国之主的李煜，浪漫奢侈起来也是无人能及的。李煜的《玉楼春》就是纪念这个的：

> 晚妆初了明肌雪，春殿嫔娥鱼贯列。
>
> 笙箫吹断水云间，重按霓裳歌遍彻。
>
> 临风谁更飘香屑，醉拍阑干情味切。
>
> 归时休放烛花红，待踏马蹄清夜月。

娥皇与李煜成婚十年，也恩爱了十年，可惜这段感情在娥皇生命最后的日子里，没有画上完美的句号。当时娥皇已经病重，李煜神思恍惚，无心上朝，日夜亲手照顾，更是延续他一贯的作风，写了一首《后庭花破子》勉励娥皇，词曰：

> 玉树后庭前，瑶草妆镜边。
>
> 去年花不老，今年月又圆。
>
> 莫教偏，和花和月，天教长少年。

可是娥皇的病还是一天重过一天，这时，她的妹妹（后来的小周后，有说名字叫女英）前来看望。娥皇貌美，她的亲妹妹自然也是个美人，加之正是十五六岁如花一般的年纪，美貌更胜当年的娥皇。一日，她在姐姐宫中午睡，被前来看望的李煜撞个正着。

郎有情妾有意，二人在娥皇未死之时就已经互通情意。以至于察觉不对的娥皇，始终不愿转头再看女英一眼，也开始在清醒之时限制女英的行动，因此女英与李煜见面倍加艰难。但一个病重的娥皇是不能阻止女英与李煜偷偷相见的。

娥皇死后，回顾十年来的恩爱生活，李煜痛心疾首，悲痛万分也内疚不已。他亲临娥皇灵前哭祭爱妻，并写下长达2000多字的祭文。在祭文中，他极力颂扬娥皇美丽的容貌、超人的才华，重温了他们伉俪情深的恩爱生活。最后，不顾自己的身份，署名"鳏夫煜"，命人镌刻在娥皇陵园的巨碑上。

娥皇去世不久，皇太后钟氏也去世了，李煜守孝三年，宫中后位就空悬了。三年之后，李煜依古制，坚持用正妻之礼迎娶了女英，史称"小周后"。还有一种观点认为，李煜与小周后的约会是在娥皇死后。因为太后去世，不能再次封后，所以女英就留在了宫中，虽然没有名分，但仍然与李煜偷偷相会。

无论是哪种说法，最终的结局都是小周后抚慰了李煜那颗思念娥皇的心。因为很快，赵匡胤因为"卧榻之侧，岂容他人鼾睡"，便发兵将这个小小的南国彻底纳入自己的版图中。李煜与小周后成了俘虏，被押送到京师，被宋太祖封为违命侯。

在三年的被俘生涯中，李煜的生活了无生趣，没有自杀殉国的勇气只能沉溺于诗词创作。赵匡胤时期，他与小周后尚且能苟且偷生，而宋太宗赵光义登基之后则开始了另一种折磨——他觊觎小周后的美貌，又有借此侮辱李煜之意，于是经常强行将小周后带入后宫，数日不归。小周后备受折磨，却为了李煜不敢寻死反抗。二人经常在一起抱头痛哭，却无能为力。

　　也许是痛苦更能刺激人的精神，在这种备受折磨的环境里，李煜的诗词成就远大于前。同样是写"愁"，别人的乡愁可能是"今夜月明人尽望，不知秋思落谁家""此夜曲中闻折柳，何人不起故园情"，而李煜的愁则是：

　　　　无言独上西楼，月如钩。

　　　　寂寞梧桐深院锁清秋。

　　　　剪不断，理还乱，是离愁，

　　　　别是一般滋味在心头。

　　还有：

　　　　春花秋月何时了？往事知多少。

　　　　小楼昨夜又东风，故国不堪回首月明中。

　　　　雕栏玉砌应犹在，只是朱颜改。

　　　　问君能有几多愁？恰似一江春水向东流。

　　也正是这首《虞美人·春花秋月何时了》，让李煜与小周后的被俘生涯有了一个结束。李煜如此"明目张胆"地怀念故土，宋太宗赵光义知道后，心里很不爽，心想："你这个亡国之君，心里只有金陵，竟丝毫不把我这个大宋皇帝放在眼里。"于是便起了杀心。

宋太平兴国三年（公元978年）七月初七，这天是李煜42岁的生日，正值七夕。李煜也没怎么过寿，只是简单地吃了一口，这时赵光义派人送来一瓶毒酒，李煜跪拜后收下。据说李煜死状极为惨烈，头和脚蜷在了一起，佝偻成一团。李煜死后不久，小周后也随他而去，结束了波折的一生。

世人提及李后主，多是由于他词的成就。但他也曾励精图治，在强国的环伺下小心翼翼地求生存，只是积重难返，只能当一位亡国之君。虽然身为皇帝，妃嫔众多，但他仍旧有着真心相待之人，最后死于别国，只能感叹一句"生不逢时"。

然而，他在文学史留给后人的才是真正不灭的财富，足以光照千秋。

贺铸　梧桐半死清霜后，头白鸳鸯失伴飞

半死桐

[宋]贺铸

重过阊门万事非，同来何事不同归。

梧桐半死清霜后，头白鸳鸯失伴飞。

原上草，露初晞。旧栖新垅两依依。

空床卧听南窗雨，谁复挑灯夜补衣。

　　贺铸，字方回，又名贺三愁，人称贺梅子。北宋词人，出身贵族，是宋太祖贺皇后族孙。他也是唐朝诗人贺知章后裔。据说贺铸长相奇丑，身高七尺，面色青黑如铁，人称"贺鬼头"。虽然外貌丑陋粗犷，但所写的诗词却"雍容妙丽，极幽闲思怨之情"。本性更是充满豪爽之气，有侠客之风、狂士之态，博闻强记精于读书，家中也有藏书万卷。

　　贺铸祖上七代皆有官职，他自小就喜欢拳脚等武术功夫，十七岁时就离开家乡，来到东京汴梁，当上了一个低级武官，"授右班殿直、监军器库门"。贺铸为人耿直，疾恶如仇，既不

会看人眼色，也不会阿谀奉承，所以一直做了四十多年的小官。他在《六州歌头》中感叹道：

> 少年侠气，交结五都雄。肝胆洞，毛发耸。立谈中，死生同，一诺千金重。推翘勇，矜豪纵。轻盖拥，联飞鞚，斗城东。轰饮酒垆，春色浮寒瓮，吸海垂虹。闻呼鹰嗾犬，白羽摘雕弓。狡穴俄空，乐匆匆。

这样性格的贺铸确实不适合官场，得罪人也是常事。在他做这个监军器库门的时候，有一个贵族子弟和他是同样的工作，但是这个人傲慢骄纵，目中无人。

经过几天的观察，贺铸发现他监守自盗。但是贺铸并没有去举报他，反而屏退了其他的公差，将他关到密室里，手里拿着刑杖数落他说："你在某天拿了东西回自己家是吗？"

那个人吓得跪地叩头不住求饶，贺铸却说："能从吾治，免白发。"意思是让我处罚你，就不去揭发你了，那贵族子弟立即脱去衣服，露出背部。贺铸用棒子打了几下，警告他不要再犯，就大笑着离开了。

从此以后这些贵族子弟就再也不敢轻视他，但也不与他有更多的来往了。

贺铸做右班殿直的时候，娶妻赵氏。这个赵氏也不是一般人家的女儿，她是皇族赵氏一脉的族女，济国公赵克彰的女儿。赵氏从小也是在锦衣玉食中长大，不知什么原因嫁给了当时还只是一介小官、家道中落且被称为"贺鬼头"的贺铸。骤然的生活落差，赵氏小姐肯定是有些难以接受的，最初的生活想必也不是那么融洽。贺铸在《青玉案》里也曾经写过：

凌波不过横塘路，但目送、芳尘去。锦瑟年华谁与度？月台花榭，琐窗朱户，只有春知处。

碧云冉冉蘅皋暮，彩笔新题断肠句。试问闲愁都几许？一川烟雨，满城风絮，梅子黄时雨。

但是时间一长，赵氏还是感觉到了贺铸的优点。虽然贺铸人长得不好看，但很有侠义之气，这样的人一般都好打抱不平，比较善良。而且，贺铸又很有文采，对待赵氏也是体贴备至。这样的一个男人，抛去长相和官职，在古代也算得上是一个良婿，两人之间的感情也越来越好。贺铸曾经写过一首《问内》来表述赵氏的贤惠。

庚伏压蒸暑，细君弄咸缕。

乌绨百结裘，茹茧加弥补。

劳问汝何为，经营特先期。

妇工乃我职，一日安敢堕。

尝闻古俚语，君子毋见嗤。

瘿女将有行，始求然艾医。

须衣待僵冻，何异斯人痴。

蕉葛此时好，冰霜非所宜。

这首诗说赵氏在酷暑的天气为贺铸缝补已经打有很多补丁的皮衣,贺铸就问为什么这么着急,离冬天还有很久。赵氏就给他举例子说:"我听说古时候有一家人在女儿都要出嫁的时候,才找医生医治女儿脖子上的肿瘤,等冬天要穿衣服的时候再补,不是像古人一样傻吗。"

贺铸一生几乎都是外放任职,与赵氏也经常分离,聚少离多的日子里,两人也只能彼此想念。贺铸曾有《小重山》一词,非常深情地描写了与赵氏分别前夜的感伤,以及分别后自己对妻子的思念:

花院深疑无路通。碧纱窗影下,玉芙蓉。当时偏恨五更钟。分携处,斜月小帘栊。

楚梦冷沉踪。一双金缕枕,半床空。画桥临水凤城东。楼前柳,憔悴几秋风。

贺铸四十多岁的时候在江夏一带任钱官,而赵氏还是在东京汴梁(今河南开封),于是贺铸又写了一首《惜余春》想念妻子,感怀夫妻二人已近暮年,却仍是相隔千里,只能靠书信相述别情,互说相思。

急雨收春,斜风约水。浮红涨绿鱼文起。年年游子惜余春,春归不解招游子。

留恨城隅,关情纸尾。阑干长对西曛倚。鸳鸯俱是白头时,江南渭北三千里。

　　贺铸四十七岁时因母丧依制停官，在苏州闲居。这个时候贺铸将赵氏接到苏州，夫妻得以团聚。两人相守了两年多的时间，赵氏就病故了，葬于苏州郊外。同一年，贺铸回汴京述职，在返回苏州之后就去赵氏的坟前看望她，写下了这首《半死桐》。

　　我重新经过苏州的西门回来，却只能感叹万事都不再一样。我们明明是一起来的，却不能一起回去。我好像是被霜打的梧桐，半生半死；又像头发花白的鸳鸯，没有了伴侣只能孤飞。原上的野草可以枯了再绿，草上的露珠可以干了再凝，而逝者已矣，不能再回。

　　我在旧日同栖的居室内流连，又在垄上的新坟边徘徊，茫茫然不知应该去哪里找你。冷清的夜一个人躺在空荡荡的床上，听着窗外的凄风苦雨，心里不停地闪现着曾经相聚的美好画面。可如今我的生活里再也没有你，今后再也没有谁在深夜里为我挑灯缝补衣衫了。

　　贺铸的这首《半死桐》在悼亡诗里可以与苏东坡的《江城子》一较高下，虽然没有"十年生死两茫茫"的极度哀伤，但是其诗里蕴含的伤心思念一点也不逊色。

龚自珍　一骑传笺朱邸晚，临风递与缟衣人

己亥杂诗209

[清]龚自珍

空山徒倚倦游身，梦见城西阆苑春。

一骑传笺朱邸晚，临风递与缟衣人。

龚自珍，字璱人，号定庵，仁和（今浙江杭州）人。因为晚年居住在昆山羽琌山馆，又号羽琌山民。他是清代思想家、诗人和文学家，是改良主义的先驱者。龚自珍的诗文主张"更法""改图"，勇于揭露清朝统治者的腐败，被柳亚子誉为"三百年来第一流"。

《己亥杂诗》一共315首，其中脍炙人口的如"落红不是无情物，化作春泥更护花"，还有"我劝天公重抖擞，不拘一格降人才"。但是上面这首标号209的诗和其他的都不一样，本来只是一首普普通通的抒情诗，却因为一些原因被认为里面藏了一个"不好言说"的秘密。

据说龚自珍的这首诗里藏着的"缟衣人"指的是当时奕绘

贝勒的侧福晋顾太清（后扶正为福晋）。顾太清深受奕绘贝勒的宠爱，又因为其自身很有文采，所以奕绘贝勒并不限制她与时下文人们的来往。而龚自珍时任宗人府主簿，因为工作的关系经常出入王府，自然认识这位颇受宠的侧福晋。在奕绘贝勒的允许之下，顾太清经常与龚自珍讨论诗文，这也为之后的流言埋下了一个伏笔。

顾太清被现代文学界公认为"清代第一女词人"，晚年以道号"云槎外史"为名写作了小说《红楼梦影》，是中国小说史上第一位女性小说家。

因为其侧福晋的身份，在八旗论词时有"男中成容若（纳兰性德），女中太清春（顾太清）"之语。这些都说明了顾太清是很有才华的女人，而她的婚姻也是被人羡慕的，嫁给奕绘之后很是得宠。又因为奕绘字子章，号太素，顾太清为了与奕绘相配，所以字子春，号太清。

《名媛诗话》说顾太清"才气横溢，援笔立成。待人诚信，无骄矜习气，唱和皆即席挥毫，不待铜钵声终，俱已脱稿。"而奕绘虽然是个皇族，但好风雅，才华出众，两人成婚后夫妻唱和，相敬如宾。

奕绘的嫡福晋因病去世后，顾太清就是王府的实际女主人，后来更是为奕绘生下子女，两人感情甚笃。二人除了名字相称之外，连作品的名字也相称。奕绘著有《明善堂集》和《南谷樵唱》，顾太清就有《天游阁集》和词集《东海渔歌》。可以说，在奕绘生前，他和顾太清感情非常好，更是能以诗词相和的知音。那么，身为王府侧福晋的顾太清，为什么要在奕绘死后与龚自珍有所牵连？

最开始流言是由一个叫陈文述的文人传出，当时他突发雅兴，出资为埋骨西湖的前代名女冯小青、菊香等人重修墓园，在当地引起了一阵轰动。因为他提倡闺秀文学，所以女弟子也有很多。他的那些女弟子争相为此事吟诗作赋，他就想将这些诗词结集出版，取名《兰因集》。

为了抬高《兰因集》的声望，他找人去请顾太清，想让她为《兰因集》写诗。但是顾太清当时正沉浸于奕绘的新丧（发生在奕绘去世后第二年），根本无心参与此事，就拒绝了。等到《兰因集》发行，陈文述还送了两本给顾太清，里面赫然写有"顾太清"的一首《春明新咏》。顾太清哭笑不得，写了一首诗回赠陈文述：

> 含沙小技大冷成，野鹜安知澡雪鸿。
>
> 绮语永沉黑闇狱，庸夫空望上清宫。
>
> 碧城行列休添我，人海从来鄙此公。
>
> 任尔乱言成一笑，浮云不碍日头红。

陈文述看到此诗后气得不行，却拿顾太清无可奈何。作为一个心眼很小的文人，他还是将此事记在了心里。直到龚自珍写了那首著名的《己亥杂诗》，陈文述在心里暗暗觉得这是个报复的机会，但仍旧没有大肆宣扬。

不久，龚自珍又有一阕记梦的《桂殿秋》词传世，词云：

明月外，净红尘，蓬莱幽谧四无邻。九霄一脉银河水，流过红墙不见人。

惊觉后，月华浓，天风已度五更钟。此生欲问光明殿，知隔朱扃几万重。

陈文述将两首诗放在一起，更加高兴，这不就是顾太清和龚自珍一起"月下相会"的证据吗？于是，这则捕风捉影和添油加醋的流言就在京城文人圈子里流传开来。正好龚自珍这时急匆匆地离开京城，而顾太清被赶出了贝勒府，于是更加有人相信，这是二人的"私情"被发现了，所以人们口中的故事更加精彩了。

此时，顾太清带着儿女居住在风雨难蔽的旧屋，还面对着躲不开的嘲讽和鄙夷。死，似乎成了最容易的事情。但自己以死明志，与奕绘的儿女又该如何？顾太清只能将所有屈辱都咽进肚子，并写了这样一首诗：

陌巷数椽屋，何异空谷情。

呜呜儿女啼，哀哀摇心旌。

几欲殉泉下，此身不敢轻。

贱妾岂自惜，为君教儿成。

事情在顾太清与龚自珍都已经去世之后还没有停止发酵，有一个叫冒广生的江苏如皋的文人，刊印了顾太清（时已去世33年）的诗集《天游阁集》，他在书内的按语中引用了自己所写的一首诗：

> 太平湖畔太平街，南谷春深葬夜来。
>
> 人是倾城姓倾国，丁香花发一低徊。

冒广生自己也是当时知名的文人，他将自己的想法影射到诗句之中。"太平湖、太平街"是顾太清贝勒府的所在，"南谷"是顾太清和奕绘合葬墓的位置，"姓倾国"指的是顾太清的姓氏，化用了汉代李夫人的"再顾倾人国"。

但诗句暗含的意思却将龚自珍也包括了进去，由"太平湖""丁香花"可以直观地看出，还有一句比较隐秘的"夜来"是取自龚自珍的诗句，"艺是针神貌洛神"是龚自珍怀念一个早逝女子的诗，这里"针神"指的是薛灵芸，她的一个别名就叫"夜来"。最后一句的"低徊"，龚自珍的诗里也有"我从宅壁低徊听"。

虽然没有一句明说，但愿意花钱买诗集的大都是文人，联想能力一点也不弱，读了冒广生的诗，自然会觉得龚自珍和顾太清之间有点什么。

自己写诗影射还不算，冒广生又将自己"毫无实据、仅凭想象"的"心得"告诉了曾朴，曾朴如获至宝，在他的小说

《孽海花》再版的时候，一支妙笔，笔笔生花地用大量笔墨描述了龚自珍和顾太清的"恋情"。

于是，很多人开始在龚自珍和顾太清的身上不断挖掘"证据"。比如，据说是因为二人事情暴露了，顾太清才会被赶出贝勒府，而龚自珍更是被奕绘指使手下人追杀，以致"不携眷属，独雇两车，以一车自载，一车载文集百卷，夷然傲然，愤而离京。"

在逃往江南的路上，路费花费得差不多了，龚自珍又"侥幸故人仍满眼，猖狂乞食过江淮"，只能靠朋友的接济，四处蹭饭吃。最后"暴疾捐馆"殁于江苏丹阳。

但实际上，顾太清被赶出贝勒府是奕绘死后，奕绘原来嫡福晋的儿子继承了爵位，然后将与自己争宠多年的顾太清母子赶出了贝勒府。后来他病逝之后，顾太清的儿子承爵，就又回到了贝勒府内生活。

龚自珍离京之时，奕绘已经死了，又怎么会派人追杀他？龚自珍那时候离京是因为他利用自己知名文人的身份，引导舆论，支持自己的好友林则徐在广东禁烟、销烟，得罪了军机大臣穆章阿，为了自身的安全只好逃离出京。

对于龚自珍与顾太清的猜测，被称为"丁香花公案"，小说家曾朴将之写进小说，满足人们的猎奇心理。大诗人与大才女的故事，谁不想看？冒广生也是如此，那么多刊印顾太清诗集的怎么就他一个被人频繁提起？

　　真相如何，反正也没人能说得清，两人都去世那么多年了，死人也不会说话，看热闹还怕事大吗？正是这样的心理，加上造谣成本太低，才会让事实的真相越来越难以被发现。

　　顾太清与奕绘的感情，从种种迹象来看，都是非常好的。顾太清出身名门，从小被祖母养在身边，在当时的社会，她接受的应该都是最传统的教育，自由恋爱什么的根本就不存在。最重要的是，婚后她与奕绘琴瑟和鸣，心心相印，一个感情上如此富足的女子，有必要在奕绘死后与奕绘曾经的下属有所牵扯吗？

　　况且，奕绘死后，为了表示自己未亡人的身份，顾太清常年穿着白衣素服，如果那时候感情上还有波澜，大概只能是对奕绘的想念了吧。这样的顾太清又怎么会与龚自珍有所牵连？他们之间大概只是普通朋友之间的友情，却被有心人添油加醋，平白败坏了各自的名声。

彭玉麟　唯有玉人心似铁，始终不负岁寒盟

梅花百韵（其一）

［清］彭玉麟

平生最薄封侯愿，愿与梅花过一生。

唯有玉人心似铁，始终不负岁寒盟。

彭玉麟，字雪琴，号退省庵主人、吟香外史，清朝著名政治家、军事家和书画家，人称雪帅。他与曾国藩、左宗棠并称"大清三杰"，与曾国藩、左宗棠、胡林翼并称"中兴四大名臣"，是湘军水师的创建者和中国近代海军奠基人之一。

彭玉麟多才多艺，诗书画俱佳，所画墨梅与郑板桥的墨竹并称"清代画坛两绝"。他的一生曾经六辞高官，每次都因为朝廷需要而出山，每当战事结束，就又辞官归乡。因此时人有"彭玉麟拼命辞官，李鸿章拼命做官"的说法。

彭玉麟16岁就投衡州协标营充司书，每月饷银用来支付家庭开销。后来因为衡州知府欣赏他的才学，招其入署读书。一直到33岁，他才受曾国藩的邀请，加入湘军，开始他作为水军

儒将的一生。

彭玉麟非常著名的一个特点就是虽然能打仗，但是却不愿意做官。他曾经说："臣以寒士始，愿以寒士归。"所以，先后六次辞去朝廷给予的高官厚禄。而且他为官清廉如水，曾说："顾十余年来，任知府，擢巡抚，由提督，补侍郎，未尝一日居其任。应领收之俸给银两，从未领纳丝毫。……未尝营一瓦之覆，一亩之殖以庇妻子。"他是这么说的，也是这么做的。

那个时候的官员，除了正式俸禄之外，离职之日还会有一笔养廉金。彭玉麟自咸丰五年（公元1855年）到同治元年（公元1862年）七年时间，应得的养廉金高达两万一千五百多两，他全部上缴当作军饷，分文没取。

之前，因为打胜仗朝廷奖励了四千两白银，他也寄回家乡，并给叔父写信说："想家乡多苦百姓、苦亲戚，正好将此银子行些方便，亦一乐也。"还希望能用这些钱多办几个学堂，"造就几个人才"。他对家乡、对身边人都很大方，却因为自己儿子在家修葺了三间老屋，花费了两千串铜钱（约合2两白银）而严词呵斥。

就是这样一个"不爱钱、不爱官"的雪帅，这一生却独爱梅。在他隐居期间，在湖口水师昭忠祠旁种遍梅花，共计六十棵，号称为"梅花坞"。

彭玉麟不仅遍种梅树，还常常以梅入画入诗。他画的梅树铁骨铮铮，虬枝曲折盘环，枝间的梅蕊参伍交错，生机盎然。又因其所画梅花"老干繁枝，鳞鳞万玉，其劲挺处似童钰"，所以被称为"兵家梅花"。而且他还喜欢在梅花图上题梅花诗，几乎每一幅梅花图上面都有一首梅花诗，比如《梅花百韵·其一》：

> 平生最薄封侯愿，愿与梅花过一生。
> 唯有玉人心似铁，始终不负岁寒盟。

就像他在这首诗里所说，对于是否封侯他毫不在意，只希望能和梅花度过这一生。其实，这只是彭玉麟众多咏梅诗中的一首，梅虽品性高洁，但彭玉麟对梅的爱却是"爱屋及乌"。因为他将放在心上的那个女子唤作梅姑，所以他便用尽一生，画了数万朵梅花纪念她。

梅姑本名竹宾，是彭玉麟外祖母的养女，因为喜爱梅花，所以人称梅姑。彭玉麟小时候在外祖母家长大，梅姑虽然名义上是他的长辈，但两人年龄相仿，属于青梅竹马，幼时彭玉麟常唤她"姑姑"。后来年岁渐长，两人之间暗生情愫，于是想相伴一生，却遭到了彭玉麟母亲的反对。因为父亲过世较早，所以在彭玉麟心里，母亲的位置是很重要的。彭玉麟一直想用自己的诚意打动母亲，所以一直以来他不娶妻，梅姑也没有嫁人。

他从16岁开始赚钱养家，虽然钱并不算多，但还是够家里几个人的开销。为了赚钱，彭玉麟也跑过不少地方，与梅姑相聚的日子也并不那么多。到彭玉麟27岁的时候，家乡的舅舅病故，于是彭玉麟就派人去安徽，将外祖母和梅姑一起接到衡阳奉养。

在衡阳，与梅姑朝夕相处的两年更让彭玉麟坚定，要与梅姑共处一生，但是固执的彭母一直没有同意。无论在什么时代，"我是为了你好"这种独属于亲人的话语，最终往往都变成了伤人的利器。彭玉麟与梅姑坚持了两年，一直到彭玉麟的外婆去世。在彭母的压力下，梅姑嫁人，彭玉麟娶妻。

无法想象彭玉麟与梅姑面对这样反抗无力的现实，内心是何等悲凉。不知他们有没有"执手相看泪眼"，有没有约定"今生无缘，来生再聚"，有没有感叹"海誓山盟抵不过悲凉现实"……

这些我们都已经无从得知。唯一能知道的是，梅姑出嫁四年之后因为难产而死，而彭玉麟虽然富贵之后惦念乡亲，却并不太过亲近自己的妻儿。他把自己不做官的闲暇时间，都花费在了种梅、画梅上了。

据说，彭玉麟说过，要为梅姑画万幅梅花，每一幅画都盖一章曰"一生知己是梅花""伤心人别有怀抱"。一直到彭玉麟去世前，差不多四十年的时间里，彭玉麟做到了自己对梅姑的承诺，每每常在梅画上题诗曰：

我家小苑梅花树，岁岁相看雪蕊鲜。

　　频向小窗供苦读，此情难忘二十年。

　　这样的感情又何止二十年，彭玉麟还有刻着"无补时艰深愧我，一腔心事托梅花"的一方小章，也常用在画上。在他拼命辞官不做的晚年，他还领命每年巡回长江，路过湖口梅花坞"必扪萝剔藓，流连歌咏，累日不忍去"，并有梅花石留刻在林中。

　　中法战争期间，清朝海军吃紧，朝中无人可用，已经69岁的彭玉麟再次挂帅，指挥冯子才等人取得了镇南关大捷和谅山大捷。之后因病回乡，74岁时病逝，去世时家中并无余财，只得十万梅花相陪。

　　彭玉麟与梅姑的感情，以梅花相连，就算阴阳相离也不能阻隔。梅花、梅姑和画梅人被人铭记，也许就是对他们爱情最好的见证了。

第四辑

问世间，情是何物，直教生死相许

能让人生死相许的感情或许有着"曾经沧海难为水，
除却巫山不是云"的离恨；或许有着"侯门一入深似海，
从此萧郎是路人"的感叹无奈；抑或有着"山盟虽在，锦
书难托"的怅然……

崔护　人面不知何处去，桃花依旧笑春风

题都城南庄

[唐]崔护

去年今日此门中，人面桃花相映红。

人面不知何处去，桃花依旧笑春风。

崔护，字殷功，博陵（今河北定州）人，唐代诗人。对于很多人来说，说起崔护不一定会有印象，但提起"人面不知何处去，桃花依旧笑春风"就恍然大悟了。这一首诗就足以让崔护的名字被人铭记，何况这首诗里还有一个美丽动人的故事。

崔护是博陵县一个普普通通的书生，因为出身于书香世家，良好的家庭氛围养成了他纯良的品行，比起与人交往，他更喜欢埋头苦读。就算偶尔出外游玩也多是自己一人，并不喜欢去人多之地，经常随便走走，没有目的性地闲逛。

这一年的清明时节，难得没有下雨，天气晴朗云淡风轻。午后的阳光照在身上更是温暖，让整个人都变得懒洋洋的。崔护放下苦读了一上午的书，穿上青色长衫，决定出去逛逛，不

辜负这大好春色。一路上看着满目绿色，连日苦读的眼睛似乎都舒服了不少。更有不知名的鸟儿在枝头欢唱，微风吹在身上，让人身心倍觉舒畅。

一路欣赏美景，不知不觉已经离城越来越远。走得时间久了觉得有些口渴，崔护就想找一处附近的农家歇歇脚，顺便讨一口水喝。如果不补充一下水分，以他的书生体力，搞不好天黑之前都走不回城里。崔护就四下张望起来，在不远处的山坳边，在一片桃花林的映衬中，似乎有一间茅草屋。他没有多想，就兴冲冲地跑了过去。

凑近一看才发现，那些桃树隐隐成环抱之势，将那一间并不富丽堂皇的小屋掩藏其中，不时有桃花随着风吹，缓缓落下，让人恍惚间觉得不似人间景致一般。崔护心想，不知是哪位高人在此仙境隐居，凑近篱笆才发现，上面竟然还有一张墨迹未干的素笺：

素艳明寒雪，清香任晓风。

可怜浑似我，零落此山中。

崔护读了几遍，从诗句中能看出，写诗之人借梅花感叹自己萧索无依的心情。他上前轻轻地敲了下门，过了好一会儿，才有一个女子的声音在问："谁呀？"崔护赶忙回答说自己是一个过路的书生，因为贪恋春色，走得有些口渴，想进屋讨口水喝，歇一歇脚。那女子又说，请等一等。不一会儿就拿着一杯水走到门边，然后开门让崔护进去了。

崔护喝了两口水，那女子就倚着院内一棵桃树，看着他喝水，却并不说话。她长得很漂亮，但脸上似有羞涩以及哀愁之意，让人看得心生怜惜。崔护手里端着水杯说："小生崔护，住在离这儿不远的博陵县，不知姑娘怎么称呼？又怎会一人住在这偏远之地？"

那女子看着崔护，只说自己名叫"绛娘"，随父亲在此居住，别的却什么都不肯回答了。崔护觉得自己似乎有些唐突，一时也没再开口，整个院子里只剩下风吹桃花落地的声音。

崔护回到家里，每每想起绛娘，总是心怀激荡，以至于学业都有所耽误。被夫子斥责之后，就收起自己那些小心思，埋头苦读，不敢再想。这边绛娘却开始日日期盼能与崔护再次相见，经常在门口望向外面，迎来的却总是失望。

一转眼，一年时间过去了，又到了清明时节，崔护心有所感，再次来到桃花屋外，这次却没有伊人在门里了。他在门外问了许久，门内都没有人说话，而门上赫然挂着一把大锁。

是家中有了什么变故？还是说绛娘已经出嫁了呢？崔护心里有了很多不好的猜想，一路上喜悦的心情就像被浇了一盆冷水。他不死心地在门外徘徊了很久，但一直没见有人回来，心情低落地在门外写了这首《题都城南庄》。

去年的这个时候，就在这扇门里，桃花映衬着姑娘的脸庞，是那么美丽可爱，今年再次来到这个地方，姑娘已经不知去了哪里，只有桃花，依旧含笑怒放在春风之中。

这次没有见到绛娘，崔护原来压抑着的感情却再也压抑不住了。他不住地去想，绛娘不在是因为什么？心烦意乱之下，更是无心读书。过了数日，他决定再去一次，无论如何总要知道绛娘究竟怎么样了。

他找到了茅舍，还没有走近，就听见呜呜的哭声。他心里一惊，快步跑了过去敲门，一位白发苍苍的老人一边擦拭眼泪，一边前来开门。他尚未开口，那老人见到有一个书生模样的青年出现在门外就问："你可是崔护？"

崔护忙回答正是。老人哭泣的声音更大了，对崔护说："你杀了我的女儿啊！"崔护大惊，连忙问："这是怎么回事？"

老人涕泪横流，哽咽着说："绛娘从小知书达理，虽然已经及笄，但并没有许配人家。自从去年与你相见，一直说如果你有心，必然会再来，于是日日在门口等候。可你一直没有来，然后那天去亲戚家小住，回来见到你留的诗，以为你灰心再也不来了。今生没有希望再见到你，所以就病倒了，水米未进这些天，已经……已经快要不行了，我只有这一个女儿，本想为她择一个佳婿，好让我们父女有所依靠。但现在却病成这样，可不是你杀了她吗？"

崔护大惊，本以为绛娘对自己无意，却没想到用情如此之深，他呜咽着说："如果绛娘病故，我也绝不偷生，随她一起去了吧。"

说完就冲进屋内，抱着像是已经毫无声息的绛娘摇晃着，嘴里不住地说："绛娘慢走一步，崔护这就随你而去啊！"像是被崔护的哭声唤醒，绛娘的眼角缓缓有泪滑过，这时，竟然悠悠睁开了眼睛。

绛娘父亲激动不已，忙端来米汤要喂给绛娘，崔护却接了过去，慢慢给绛娘喂了进去。绛娘并没完全清醒，迷糊中吃了几口，就又昏睡过去，这次面色却好了很多。就这样，见到崔护的绛娘心病一好，病也自然好了大半。

崔护立即回到家中，向父母说明情况。他的父母感于这二人的情分，就同意了他们的婚事，依照礼数下聘成亲，并将绛娘的父亲也妥善安置了。婚后二人更是情投意合，绛娘操持家中琐事，崔护得以更专心地读书，不久就考中进士，因为为官清廉，仕途也是一帆风顺。

韦皋　长江不见鱼书至，为遣相思梦入秦

留赠玉环

[唐]韦皋

黄雀衔来已数春，别时留解赠佳人。

长江不见鱼书至，为遣相思梦入秦。

韦皋，字城武，京兆万年县（今陕西省西安市）人，唐代中期名臣、诗人，出身于"东眷韦氏鹍城公房"，排行第二十三。贞元元年（公元785年），出任剑南西川节度使，封南康郡王，世称"韦南康"。

韦皋在蜀地二十一年，和南诏，拒吐蕃，史称其"数出师，凡破吐蕃四十八万，擒杀节度、都督、城主、笼官千五百，斩首五万余级，获牛羊二十五万，收器械六百三十万，其功烈为西南剧。"

韦皋一生官途还算顺畅，却留下了不少坊间传颂的故事。其中有一个故事是说在韦皋出生之后的满月宴上，家中人召集群僧会餐，当时有一个相貌丑陋的异族僧人，不请自来，韦家的仆人

认为他是来蹭饭的，就给了他一块破席子，让他在外面吃。

等到奶娘抱着小婴儿出来，那僧人就上前去和小婴儿说："这么久不见，你可还好？"那婴儿也不哭，脸上似乎还有笑容。家中人大奇，都问是怎么回事。

那僧人开始不说，后来被逼急了就说："这个小儿是诸葛武侯的后身啊，以后注定要成为蜀门统帅，接受蜀门的祝福。我以前住在剑门，与他很是要好，所以今天才来问候一下。"韦家就因此将"武侯"当作小婴儿的字号，长大后果然在蜀地任职，与僧人的话相符。

韦皋还是第一个让女子担当"校书郎"这一职务的人，这个女子就是有名的才女薛涛。当时韦皋出任剑南西川节度使，薛涛刚刚入乐籍没多久，就被韦皋看中召入府中。一次宴会中，韦皋突然让薛涛即席赋诗一首，薛涛并没有惊慌，而是神态从容地写下了《谒巫山庙》：

乱猿啼处访高唐，路入烟霞草木香。

山色未能忘宋玉，水声犹是哭襄王。

朝朝夜夜阳台下，为雨为云楚国亡。

惆怅庙前多少柳，春来空斗画眉长。

在场宾客无不称赞，从此薛涛的名声就此传出。之后韦皋还让薛涛负责一些"秘书"类的工作，帮韦皋处理公文，差事办得很好。韦皋有一天突发奇想，想为薛涛申请"校书郎"这一职位。

"校书郎"基本相当于现在的秘书,负责处理公文和典校藏书。虽然官职不高,但担任校书郎的门槛却很高,只有进士出身的人才可以担任,像白居易、杜牧、李商隐等都是从校书郎做起的。

历史上从来没有哪个女子担任过这个职位,韦皋的这一举动立即遭到了幕僚们的一致反对。有人劝说:"此事上奏,恐朝廷认为妓女为官,有失体统。有失官府尊严,留人话柄。"虽然打消了韦皋想要请奏的念头,但是薛涛"校书郎"的称谓还是不胫而走,连薛涛死后的墓碑上都写着"西南校书郎薛涛之墓"。

在遇见薛涛之前,韦皋有过一个约定要娶的女子,名叫玉箫。韦皋年少落魄时,为了生计在江夏的姜郡守家做西席,教导姜郡守的儿子荆宝读书。荆宝虽然年幼,但是对待韦皋却很是恭敬,还经常派一个叫玉箫的小丫鬟照顾韦皋的起居。玉箫当时只有10岁,非常仰慕韦皋的才学,生活上的琐事也处理得很好。两年之后,韦皋搬去了头陀寺居住,荆宝还是常常让玉箫去照顾韦皋。随着年龄渐长,玉箫和韦皋日久生情,互相爱慕。

当时,韦皋的叔父与当地一个廉使陈常侍有旧交,就托他给韦皋准备盘缠,让他回家省亲。东西都已经准备好,因为仓促，韦皋来不及去通知荆宝和玉箫，但是在登船之前，荆宝还是得到消息，并和玉箫赶到了江边。荆宝想让韦皋带着玉箫一起走，但是韦皋以婚姻之事，需要先禀告父母，现在带走玉箫不合礼数为由而拒绝了。但他承诺"少则五载，多则七年，定当迎娶"，还将一枚指环留给玉箫当信物。

此后，韦皋参加科考，出仕为官，并在平息战乱和边疆征伐中屡立战功，官至剑南西川节度使。在那些金戈铁马的战争生涯，不知道韦皋有没有想起过，还有一个女子在江夏苦等着他的迎娶。

直到在一次翻阅案卷之时，见到了姜荆宝的名字，往昔的故人才被韦皋想起，于是他赶紧将犯人提审，果然是当年旧人。原来荆宝也已经出仕做官，但因为家中失火烧毁了官廨（官吏办公的房舍）和印信而获罪，韦皋顾念旧情，就帮荆宝脱了罪，将他留作自己的宾客幕僚。

一天，韦皋与荆宝聊天，谈到玉箫，荆宝才告诉韦皋，玉箫已经过世了。一年又一年，玉箫一直也见不到韦皋前来，起初还能安慰自己说是初为官事务脱不开身，等到第八年的时候终于绝望，认清韦皋不会来接自己，感叹道："韦家郎君，一别七年，是不来矣！"于是日日憔悴，每日里只捧着那枚指环不吃不喝，不多久就衰弱而亡了。姜家人感念玉箫的痴情，就将那枚玉指环戴在玉箫中指之上一同葬了。

这时，韦皋才好像一下子将玉箫的好处全都想起，念及玉箫竟为自己而死，深感愧疚，韦皋每日抄写经书，修建佛像，并找人画了玉箫的画像悬挂，日日香火祷告，希望能安慰玉箫的在天之灵。

韦皋的行为感动了当地的一个方士，他说可以施展招魂之术让玉箫与韦皋再次相见。果然，在一个月色朦胧的夜晚，如虚影一般的玉箫如约而至，对韦皋说："因为你为我抄经造佛像的缘故，我很快就可以转世，十三年后再与君相聚。"临走时又说："都是因为你的薄情，才让我和你生死相隔啊！"

之后十几年，韦皋因数次平息吐蕃叛乱而被晋爵为南康郡王，一直治理管辖整个西蜀，西蜀各族在他领导期间对他也很是爱戴。有一年他过寿辰，各地都送上了珍奇异宝，唯独东川卢八座所赠贺礼特殊，乃是一名歌女。样貌清秀但算不上太过漂亮，只是说名叫玉箫。

韦皋忙起来凑近看，只觉得恍如当年站在荆宝身后的小丫鬟。韦皋激动之下拉起她的手，却发现她的中指之上赫然生着一圈肉环，似是戒指模样。看着面前这个豆蔻年华的少女，再看看自己已经老迈的样子，韦皋感叹道："我终于知道这生死之缘，就在于这一来一去之间，玉箫当年说的话，现在可以应验了。"

据说，这个故事最开始的版本只到韦皋听闻玉箫的死讯后大积功德，希望可以让自己的愧疚减少一点。但是之后可能有人觉得，玉箫之死太过惨烈，人们不想她有这样的结局，于是才有了后来这个"托生转世"的结局。

崔郊　侯门一入深似海，从此萧郎是路人

赠　婢

[唐] 崔郊

公子王孙逐后尘，绿珠垂泪滴罗巾。

侯门一入深似海，从此萧郎是路人。

崔郊，唐朝元和间秀才，崔郊才情如何不可知，因为《全唐诗》只收录了他这一首诗，所以只有这一首诗流传了下来，但这一首诗就足以让人们记住他，记住他和春红的故事了。

元和年间，崔郊刚刚考中秀才，因为家里贫困，所以借住在姑母家中，每日读书以期望下次考试能有个好成绩。但从之后崔郊并无建树来看，他应该是把心思都放在书本之外了。姑母家中有一个名叫春红的丫鬟，春红虽然是丫鬟出身，却姿容秀丽，貌美非常，在襄州那个地方，是出了名的美女。但凡因为美貌而不是因为才华而出名的女子，最后通常也会因为美貌而惹来觊觎的目光。

按说已经美名在外的春红，是不会看上崔郊这个穷酸秀才

的，因为崔郊的姑母已经表示过会给她许配一个好人家。虽然这样的许配只是看对方肯付多少钱，但至少春红所嫁人家的家境会很不错。养活自己都有困难的崔郊，自然是不在姑母选婿的范围之内。但是崔郊被春红的美貌所迷，虽然人穷，但至少是一介书生，基本的吟诗作对还是会的。几首表示爱慕的诗，几句文人的酸话，就让很少有机会接触外人的春红不禁对崔郊有些心动。

崔郊和春红瞒着姑母，私下偷偷来往，海誓山盟不知说过多少回。终于，崔郊鼓足勇气去央求姑母，希望能将春红嫁给他。姑母家中虽然可以使唤得起婢女，但还要负担崔护的笔墨纸砚，时不时还要买上一本书，家中开销也很大。知道崔郊的想法后，姑母很是生气，在她的眼里，一个男人追求美色算不得什么毛病，但是对于崔郊来说，连他自己还要依靠别人生活，难道成婚之后还要连妻子也让别人养吗？她严词拒绝了崔郊的要求，并命令他不得再与春红有往来。一面开始寻找合适的人家，将春红嫁出去，以免夜长梦多，再惹出什么不光彩的事端来。

正巧这个时候，襄州司空于頔听闻这有一个姿容秀丽的美女，派人前来询问，姑母很是高兴，就用四十万钱的价格将春红卖给了于頔。于頔一见，春红不仅姿容秀丽，漂亮非常，更是精通音律，唱歌很是动听，因而对春红非常宠爱，平日里也多有赏赐。

　　春红嫁给了于頔，过上了锦衣玉食的生活，崔郊却很生气。他既气姑母爱财，将春红卖给于頔，又气春红嫌贫爱富，不愿誓死抗争。但是他自己又没有别的办法，于是就经常去于頔府的附近，期望能见到春红一次。可是已经成为于頔宠姜的春红，再也不用像在崔郊姑母家一样，每天还要干买菜、做饭一些粗活，自然出入府也没那么自由。就算偶尔出门，也是前簇后拥的一群奴婢相陪，就算崔郊看见了，也只能远远地看上一眼，不能上前说话。

　　时间一长，崔郊就更加气愤了，于是他天天去于頔府外蹲守，心中暗想就不信找不到春红单独出门的机会。其实，对于这个时候的崔郊来讲，就算见到春红他也不能如何，因为就算春红心里仍旧有他，他们之间也回不到两情相悦的时候了。而且于頔手里又有春红的卖身契，就算春红愿意，他也没有勇气带着春红逃跑，不然也不会任由姑母将春红嫁人而无作为了。这个时候就算能见到春红，也只是徒惹伤心罢了。

　　功夫不负有心人，终于，在寒食节这天，春红单独出了于頔府。崔郊等在柳树下，见到穿着绫罗绸缎的春红伤心不已，两人执手而泣。让崔郊高兴的是，虽然颇受于頔喜爱，可春红心里还是有崔郊的位置，只是这样的喜欢再也不能流露出来。两个彼此相爱的人除了相对着哭一哭，似乎再也没有别的办法了。

　　时间差不多了，春红只好擦擦眼角的泪水，与崔郊告别，又要回到于頔府中去了。眼看春红要走，崔郊越想越伤心，就吟诵了这首《赠婢》给春红听。

虽然有公孙王子的竞相追逐，貌美女子的眼泪仍旧滴湿了罗巾。一旦进入这幽深如海的高官大院，曾经的情郎也就成了陌路之人。"萧郎"原指梁武帝萧衍，他是南朝梁的建立者，风流多才，后来成为诗词中习惯用语，一般用来指代女子所爱慕的男子。

抒发完自己愤恨的心情，崔郊就回到了姑母家。他不知道的是，他们说话的地方虽然隐蔽，但仔细去看仍是能看得到人的。于是，就有好事之人趁着二人情绪激动的时候在一旁偷看偷听。虽然二人只是"执手"叙述别情，并无过分举动，但春红临走时，崔郊吟诵的那首诗还是被有心人记录了下来，表功一般地将之呈给于頔看。

于頔看后并没有说什么，反而派人将崔郊带到自己的府中。崔郊心中忐忑不安，不知道于頔现在是何用意，莫不是因为自己的宠妾与别人有了私情而打算将自己抓去，与春红一道处置？一路上惊恐不安、胡思乱想的崔郊就这样来到了于頔府上。

谁知臆想中的板子并没有来，一见面于頔就很亲切地对崔郊说："一入侯门深似海，从此萧郎是路人，这句子是先生写的啊，先生有这样的文采，应该早与我说。相比于先生的才华，那四十万钱又算得了什么呢？"说完就叫来春红，让崔郊领着春红回到自己的家里去。

　　崔郊和春红简直不敢相信，这样的事情竟然会发生在自己身上。不仅如此，于頔听说崔郊家贫，又赠送给他们丰厚的妆奁。

　　崔郊与春红喜出望外，欢欢喜喜地拜别了于頔。二人自此过着琴瑟和谐的生活，可谓羡煞世人。

杜牧　自去寻春去校迟，不须惆怅怨芳时

叹　花

[唐]杜牧

自是寻春去校迟，不须惆怅怨芳时。

狂风落尽深红色，绿叶成阴子满枝。

杜牧，字牧之，号樊川居士，京兆万年（今陕西西安）人。杜牧是唐代杰出的诗人、散文家，人称"小杜"，以别于杜甫的"大杜"，与李商隐并称"小李杜"。

杜牧家学渊源，政治才华出众，是宰相杜佑之孙。他在十几岁的时候就写过十三篇《孙子》注解，还写过很多策论，其中一次献计平虏，被当时的宰相李德裕采用，从此之后就开始了他的政治生涯。

在考进士之前，杜牧因为一首《阿房宫赋》而广受好评，被吴武陵推荐，在接下来的考试中杜牧也因此被崔郾点为状元。但是状元已经被内定，所以二人就商定杜牧以第五名进士及第。

当时，杜牧只有26岁，忽然一朝成名的杜牧也有些沾沾自

喜,那时新科进士们惯例都要一起游玩。到了曲江的一座寺院时,众人遇见一个打坐的僧人,于是上前攀谈。杜牧得意扬扬地自报家门,本以为老和尚会认出他是谁,但那和尚毫无反应,杜牧只得收起得意,现场赋诗一首:

> 家住城南杜曲旁,两枝仙桂一时芳。
>
> 老僧都未知名姓,始觉空门气味长。

在得知崔郾要将杜牧点为第五名之后,就有人对崔郾说,杜牧虽然有才,但是他为人不拘小节,喜好留恋风月场所。由此可见杜牧的风流不是做官之后才有的,只是在做官之后更加如鱼得水了。在被淮南节度使牛增孺授予推官一职之后,杜牧的风流才完全显现出来。

因为任职地在扬州,加上扬州自古就是风月之地,杜牧如鱼得水,几乎夜夜笙歌。一直到他要离开扬州转去洛阳做监察御史,牛增孺才在临行时含蓄地对杜牧表示:你去洛阳之后出任的是监察工作,自身也要注意,不要再总是留恋烟花之地了。

忽然被老上司提起,杜牧也有点儿不好意思,但还是嘴硬地没有承认并狡辩说:"某幸常自检守,不至贻尊忧耳。"意思是:我自己还可以吧,挺注意洁身自好的。

然后牛增孺就递给了他一个小箱子,里面是满满的一箱平安帖。原来杜牧喜好留恋风月场所,又经常喝醉,牛增孺不放心他的安全,就派了三十多个人,轮流暗中保护杜牧。那一箱子平安帖的内容不外是：某日夜，宿于某处，平安无事。

杜牧觉得不好意思，因此泣拜致谢，大为感激牛增孺。后来杜牧还为他的扬州生活写了一首《遗怀》：

落魄江南载酒行，楚腰纤细掌中轻。

十年一觉扬州梦，赢得青楼薄幸名。

确实是"赢得青楼薄幸名"，杜牧离开扬州之前不仅要和自己的老上司告别，那些粉红知己更是要好好告别一番，他还为其中一名歌妓写了首《赠别》：

娉娉袅袅十三余，豆蔻梢头二月初。

春风十里扬州路，卷上珠帘总不如。

多情却似总无情，唯觉樽前笑不成。

蜡烛有心还惜别，替人垂泪到天明。

虽然感激牛增孺的提醒，但到达洛阳之后杜牧还是没有压抑本性。当时一位李司徒宴请官员，因为杜牧监察御史的身份，没有请他。但是杜牧听说李司徒家有一婢女紫云长得特别漂亮，竟然捎话给李司徒，意思是他也有时间赴宴，李司徒没办法只得请了杜牧。

谁知杜牧赴宴之时就已经喝了不少酒，当时已经有歌姬在唱歌跳舞了，杜牧醉醺醺地问李司徒，哪个是紫云？李司徒指给他看之后，杜牧看了半天说："果然名不虚传，应该送给我"。周围的人听了都哈哈大笑，他却不以为意。还当席作诗一首：

　　　　华堂今日绮筵开，谁唤分司御史来？

　　　　偶发狂言惊四座，三重粉面一时回！

　　杜牧虽然风流，但还谈不上下流，他对这些女子的态度都是，有最好，没有也没什么。但是万花丛中过，还是没能避免身沾一叶。那时他一时无聊，跑到湖州散心。湖州刺史崔君深知杜牧的爱好，杜牧来了之后，他就将附近的歌姬都找了过来，让杜牧挑选。

　　但杜牧觉得美则美矣，却总觉得少点什么。二人不知怎么商量的，要在湖边办一场划船比赛，然后杜牧和崔君就混在人群中慢慢地观察，也许能找到符合要求的美人。在缺少娱乐活动的古代，官方出面举办活动，参加的人和看热闹的人都很多，所以遇见美人的概率也增加了不少。

　　杜牧和湖州刺史像选美一样，对这些美人品头论足，选了一天也没有选出合心意的。就在天色已经偏暗的时候，杜牧发现岸边有一个老妇人带着一个10岁左右的小女孩。杜牧看了一会儿，激动地说："这个女孩子长大之后一定会出落得国色天香，肯定是个大美人！"于是就让人将那老妇人和小女孩带上船。

　　两人只是平民百姓，见到这样的阵仗吓得直发抖，杜牧连声安慰并承诺说："并不是马上就要娶她，只是想先定一个日期。"那妇人想了想，问："将来若是失约怎么办呢？"杜牧说："她现在的年龄还小，那就定一个十年之约吧，十年之内我一定来湖州做刺史，到时候再迎娶她。如果十年不来，你们就可以将她嫁给别人了。"女孩的母亲想了一会儿同意了，又收了杜牧给的贵重的聘礼。

之前杜牧虽然做官，但并没有方向性，要么是朝廷委派，要么就是像牛增孺那样看中他而调任。在这之后，杜牧就一直想着去湖州，想着这个女孩子。但是那时候杜牧官职也不高，没有办法提出调任湖州的请求，后来根据朝廷的委派，先后出任过黄州、池州和睦州刺史。杜牧只能一边去赴任，一边暗暗祈祷十年之期未到，但愿那女孩的母亲是个守信之人。

一直到杜牧的好朋友周墀出任宰相，杜牧赶紧给他写信，而且连写三封，请求出任湖州刺史。等到最终可以去湖州赴任，离最开始的约定已经过了十四年。

杜牧到了湖州之后，找人去寻那个女孩，却被告知，那女孩已经出嫁三年，孩子都生三个了。于是杜牧就叫人将女孩的母亲带来，责问她说："从前已经说好要将你女儿许配给我，怎么能不遵守约定呢？"

那老妇人却说："本来的约定是十年，可是十年过了你都没有来，是过了十年才将女儿出嫁的。"杜牧取出当年签下的盟约，只能无奈地感叹十多年的等待，最后落得佳人旁嫁的结果，于是提笔写了这首《叹花》。

只能怪自己寻访春色的脚步去得太晚，以至于到达之时已是繁花落尽，而不能去埋怨花开的不是时候。狂风骤雨之下枝头的鲜花都掉落了，秋天也已经到了，所以只能看见枝上的绿叶和满枝的果实。

杜牧只是感伤于自己去得太迟，而并没有以权势压迫女孩的母亲，之后并没有再去打扰女孩的生活。在出任湖州刺史的两年时间里，杜牧收敛了不少风流习气，反而经常以诗会友，写了不少诗词。

在他病重临死之前，先是自撰了墓志铭，又吩咐家人将他之前的文章诗作焚毁多半，十之仅留二三，结束了他风流多情、才华横溢的一生。

李商隐　何当共剪西窗烛，却话巴山夜雨时

夜雨寄北

[唐]李商隐

君问归期未有期，巴山夜雨涨秋池。

何当共剪西窗烛，却话巴山夜雨时。

李商隐，字义山，号玉溪（谿）生，又号樊南生，郑州荥阳（今河南郑州荥阳市）人，是晚唐著名诗人，与杜牧合称"小李杜"，又与温庭筠合称为"温李"。他擅长诗歌写作，骈文文学价值也很高，他的很多爱情诗和无题诗写得优美动人，广为传诵。但有一部分诗歌（以锦瑟为代表）写得过于隐晦，以至于具体是在指什么，颇受争议，所以有"诗家总爱西昆好，独恨无人作郑笺"之说。

李商隐的幼年生活过得很是艰辛，"五岁诵经书，七岁弄笔砚"，不到10岁，父亲就去世了。之后随母亲回到家乡就开始支撑门户，少年时期就已经"佣书贩舂"，即通过为别人抄书挣钱，贴补家用。李商隐回乡后师从一位精通五经的堂叔学习，

到十六七岁时就因为擅长古文而闻名。

那时候李商隐全家已经搬到洛阳，认识了白居易、令狐楚等人。令狐楚尤其欣赏李商隐，亲自教他今体（骈俪）章奏之学，并"岁给资装，令随计上都"。这个时候李商隐应该就已经在参加科举考试了，可惜一直都没有考中。那时候唐朝科举普遍都是需要考前给主考官送礼打点，但是李商隐一直没这么做。在科举未考中之前，他曾经当过令狐楚的幕僚巡官，先后跟随令狐楚辗转郓州、太原等地。

李商隐对于久考科举不中这件事，也曾经有过怨言，在《送从翁从东川弘农尚书幕》诗中，他将没有录取他的考官比喻成阻挠他的小人："鸾皇期一举，燕雀不相饶"。而久考不中追随令狐楚的经历，除了让李商隐与令狐楚关系亲近之外，更是使李商隐被冠上"牛党"的称号，这让他在之后的"牛李党争"里备受煎熬。

一直到他24岁才终于考中进士，而这次考中，与令狐楚的施压不无关系。据说放榜之日，李商隐就被同窗吵着要将自己妻子的妹妹介绍给李商隐，而这位妹妹就是李商隐后来的妻子王晏媄。李商隐和她一见钟情，后来才知道王晏媄是泾原节度使王茂元的女儿，李商隐也因此去了泾原担任王茂元的幕僚。

但实际上，这种相遇只是后人的牵强附会，李商隐是先去做了王茂元的幕僚，受到王茂元的欣赏，才将女儿王晏媄许配给了李商隐。而王茂元虽然不参与党争，但他更亲近李德裕，所以被认为是"李党"。李商隐娶了王茂元的女儿，就被令狐楚等一部分人认为是对"牛党"的背叛，所以李商隐虽然有才华，但也只能一直做一些无甚职权的小官，无法施展自己的政治抱负。

婚后，李商隐和王晏媄伉俪情深，两人在一起度过了一年多美好的时光，直到李商隐再次参加授官考试，得到秘书省校书郎的职位。不久，他被调任到弘农（今河南灵宝）县尉，夫妻二人开始了聚少离多的日子。而这首《夜雨寄北》就是在收到妻子询问何时回家的信时，有感而写。

收到你的来信，询问我回家的日子，但是现在归期仍旧没办法确定。在读你信的这个夜晚，巴山下着大雨，雨水已经涨满了这个小池塘。等到我们重新相聚，一起剪西窗边的烛花一起谈心时，我再对你说说在巴山作客这一夜的雨有多大，我又是多么想念你。

写这首《夜雨寄北》之前，李商隐刚刚体会到一丝他人生中少有的欢愉，他和王晏媄的儿子出生了，李商隐给他起名叫李衮师。

他曾在《骄儿诗》中写道："衮师我骄儿，美秀乃无匹；文葆未周晬，固已知六七；四岁知名姓，眼不视梨栗；交朋颇窥观，谓是丹穴物。"此时，35 岁的李商隐因为"牛李党争"在官场过着苦闷的日子，这个孩子的到来让他大为高兴，从这首诗可以看出他对这个儿子也是寄予厚望的。

儿子出生之后，与妻子王晏媄仍旧聚少离多，但是新生命的诞生总给人以新的希望。如果日子能继续这样下去，即便官场不得志，但妻儿安好也很不错。只可惜，老天只让王晏媄陪伴了李商隐十二年的时间，之后王晏媄身染重病，离开了深爱着她的李商隐。

李商隐在妻子故去之后，也写了很多诗词怀念她，如《悼伤后赴东蜀辟至散关遇雪》：

> 剑外从军远，无家与寄衣。
>
> 散关三尺雪，回梦旧鸳机。

还有那首颇有争议的《锦瑟》，因为一直有人认为这首诗并不是怀念妻子，而是在抒发自己抑郁不得志的心情，但是对于很多人来说，宁愿认为这是他怀念妻子的诗句。

> 锦瑟无端五十弦，一弦一柱思华年。
>
> 庄生晓梦迷蝴蝶，望帝春心托杜鹃。
>
> 沧海月明珠有泪，蓝田日暖玉生烟。
>
> 此情可待成追忆？只是当时已惘然。

李商隐的一生，仕途一直不顺，所以他的诗词总是很抑郁。而且因为诗词描写感情的内容很多，所以也有很多人认为，他的那些诗词不全是为妻子王晏媄而写，比如《柳枝五首》就被认为是他为自己的初恋，一位名叫柳枝的女孩所写：

花房与蜜脾，蜂雄蛱蝶雌。同时不同类，那复更相思。

本是丁香树，春条结始生。玉作弹棋局，中心亦不平。

嘉瓜引蔓长，碧玉冰寒浆。东陵虽五色，不忍值牙香。

柳枝井上蟠，莲叶浦中干。锦鳞与绣羽，水陆有伤残。

画屏绣步障，物物自成双。如何湖上望，只是见鸳鸯。

柳枝是一位洛阳富商的女儿，因为一个偶然的机会，听到李商隐的《燕台诗》而心生爱慕，主动想与李商隐约会。但是李商隐却因故没有赴约，柳枝伤心之下很快便另嫁他人，两人再也没有见过面。虽然心有遗憾，但李商隐还是写诗纪念和她的有缘无分。

坊间甚至还有李商隐和宋华阳、荷花等各种传闻，但都没有太多的真凭实据，大多是后人的牵强附会，以讹传讹。

不管怎样，王晏媄在李商隐心里的位置肯定是最重要的，他们之间的感情和默契就像那首《无题》中所形容的那样：

昨夜星辰昨夜风，画楼西畔桂堂东。

身无彩凤双飞翼，心有灵犀一点通。

隔座送钩春酒暖，分曹射覆蜡灯红。

嗟余听鼓应官去，走马兰台类转蓬。

李商隐对王晏媄有极为深厚的感情。在王晏媄死后第二年，李商隐表现出了对佛教的极大兴趣。他在出任四川梓州参军职位之后与当地僧人交往从密，不仅如此，还捐钱刊印佛经，甚至一度表示想要出家。之后，他又在担任盐铁推官两年多之后主动请辞，回乡之后不足三年就抑郁而终。

苏轼　十年生死两茫茫，不思量，自难忘

江城子·乙卯正月二十日夜记梦

［宋］苏轼

十年生死两茫茫，不思量，自难忘。千里孤坟，无处话凄凉。纵使相逢应不识，尘满面，鬓如霜。

夜来幽梦忽还乡，小轩窗，正梳妆。相顾无言，惟有泪千行。料得年年肠断处，明月夜，短松冈。

苏轼，字子瞻，又字和仲，号铁冠道人、东坡居士，世称苏东坡、苏仙。他是北宋中期的文坛领袖，所写的诗题材广阔，善用比喻，独具风格，与黄庭坚并称"苏黄"。在词方面他与辛弃疾同是豪放派代表，并称"苏辛"。

苏轼与父亲苏洵、弟弟苏辙并称"三苏"，三人均被列为"唐宋八大家"之中。苏轼亦善书，工于画，尤其擅长墨竹、怪石、枯木等。但对于广大群众来说，苏轼更令人称道的大概是古时候最知名的"吃货"人设了。

除了"东坡肉"这样的美食广为人知之外，他还有"竹外

桃花三两枝，春江水暖鸭先知。蒌蒿满地芦芽短，正是河豚欲上时"这样的句子流传，甚至吃得高兴了还要写一首《猪肉颂》。

苏轼也算是家学渊源，他的父亲苏洵就是《三字经》里提到的"二十七，始发奋"的"苏老泉"。苏洵虽然发奋的时间比较晚，但用功程度超过一般人。在苏轼11岁时，他的祖父去世，苏洵因此在家守孝，开始亲自教导苏轼和他弟弟苏辙。之后不久又因为自身专心于学习，而将苏轼与苏辙交给妻子管教，最后又将苏轼送到中岩的书院内，由自己的好朋友——青神乡贡进士王方教导。

中岩山风景优美，山下有绿水一泓，相传为慈姥龙之宅。苏轼读书之余经常在池边赏景游玩，每每看到兴起时便感叹："好水岂能无鱼？"于是击掌三声，不多时就有鱼群应声而出，在水面翩翩游动。年少的苏轼非常高兴，就对自己的老师王方建议："美景当有美名。"王方认为遍邀文人为美景起名，也是一桩雅事。于是就广发帖子，遍邀文人学士来潭前投笔竞题。

所来之士提的名字不是过雅就是过俗，没出现让众人都满意的名字，直到苏轼展开自己手中的纸条，"唤鱼池"三个字跃然纸上，众人都大声叫好。王方也很是满意。苏轼正得意地听着众人的夸赞之词，王方的女儿王弗的丫鬟从瑞草桥家中送来王弗所提之字，"唤鱼池"三个字再次出现在众人面前。众人惊叹："不谋而合，韵成双璧。"

之后，苏轼手书的"唤鱼池"三个字更是被刻在石壁之上。王方则是找人做媒，将16岁的王弗许配给了19岁的苏轼。

这样的"不谋而合"也并不是全无原因。王方感于苏轼的聪明好学，经常在家谈起这个得意弟子，情窦初开的王弗就对这个叫苏轼的少年上了心，但出于女儿家的羞怯，又不能表露出来。她自己喜欢中岩山下一种形如飞凤的花，经常过来采摘。后来听说苏轼经常来绿潭看鱼，就开始留意，想要偷着看一看这个少年到底如何。终于有一天，她在绿潭旁见到一个英气勃勃的少年，正在拊掌唤鱼。那少年声音清脆，笑容明亮，见到鱼群游出又放声大笑……

无论两人之间是怎样的开始，苏轼与王弗成亲之时，正是年少意气风发之时。同年的考试，他与弟弟苏辙一门双进士，名动京城。

王弗嫁给苏轼之后不仅在生活上照顾他，从某种程度上来说，这个女人更成为苏轼的良师益友。说良师可能有些夸张，但对于那时候的苏轼来讲，有一个能认清现实，冷静提醒自己的人是非常难得的。

当时苏轼、苏辙新科及第，苏洵的名声也在民间传开，甚至民间有"苏文生，吃菜根；苏文熟，吃羊肉"这样的话流传，意思是说精熟三苏的文章，就能登科及第，享有富贵。而苏轼又自称"眼前见天下无一个不好人",又说"余性不慎言语,与人无亲疏。有所不尽,如茹物不下,必吐之乃已,而人或记疏以为怨咎……"

在这样的情况之下,自然有很多人不是来和苏轼以诗会友,而是想看看可不可以从苏轼身上捞到好处,或是抓到把柄。

所以在苏轼刚开始做官的那段时间,他在外面的所有事情,王弗都要"未尝不问知其详"。甚至家里来了客人,客人在与苏轼说话的时候,王弗都要藏在屏风后面偷听,客人走后提醒苏轼,"某人也,言辄持两端,惟子意之所向,子何用与是人言?"提醒苏轼对于那些首鼠两端、见风使舵之人要有所戒备。

对于这样事无巨细都要过问的王弗,苏轼肯定有过不耐烦,两人之间甚至有过争吵。但在苏轼真的吃过几次"朋友"的亏之后,他对王弗的态度完全改变了。

苏轼有一段时间受欧阳修影响,因为那时欧阳修正在编《集古录》,到处挖青铜器,所以苏轼也开始喜欢收藏文物,迷恋炼丹之事。

苏轼在王弗故去之后回忆说:"某官于岐下,所居大柳下,雪方尺不积;雪晴,地坟起数寸。轼疑是古人藏丹药处,欲发之。亡妻崇德君曰:'使吾先姑在,必不发也。'轼愧而止。"

两人只共同生活了十一年,年仅27岁的王弗就因病去世了。苏轼遵照王弗的遗愿,"于汝母坟茔旁葬之"。王弗的离世让苏轼极为哀伤，于次年亲写《亡妻王氏墓志铭》："君得从先夫人于九原，余不能。呜呼哀哉！余永无所依怙。君虽没，其有与为妇何伤乎？呜呼哀哉！"

苏轼后来被贬到密州做官，在正月二十那一天，梦见了爱妻王弗，醒来之后写下了流传千古的悼亡词《江城子·乙卯正月二十日夜记梦》。

你离我而去已经整整十年，我们一生一死，处在两个完全不同的世界中。从来不用刻意地去思念和回忆，因为我从来都没有忘记过你。现在想起你在千里之外的孤坟之中，我心里的凄凉就不知该怎么诉说。就算现在我们两个在路上重逢，你应该已经认不出我来了，因为这个时候的我已经是满面风尘，耳边的头发也有如霜染一样。

在幽幽的睡梦中，我梦见我回到了千里之外的故乡，还是你出嫁前的那间小屋，透过那扇小小的窗户，你正在梳妆打扮。我们痴痴地看着对方，谁都没有开口说话，只有止不住的泪水从我们的脸上滑落。那让我为之肝肠寸断的地方，就是明月夜下我们曾经约会过的那片小松冈。

王弗死后，苏轼并没有一面沉浸于哀痛之中，一面就迎娶新妇进门。因为当时他与王弗的儿子苏迈尚且年幼（王弗去世时苏迈6岁），孩子需要人照顾，后来就经过王闰之兄长的介绍，与王闰之定亲。直到三年之后他才与王闰之完婚，当时王闰之已经21岁了。

王闰之是王弗的堂妹,据说长相风姿都颇有其姐风范。还有一说是,苏轼与王闰之定亲,是在王弗重病去世之前由王弗安排定下的,因为只有这样,王弗才能放心自己的幼子不会被继母虐待。

这也就能解释当时名声在外两次中举的"天子门生"苏轼为何会娶一介村姑。在王弗去世后十五年,苏轼又有一首《南歌子·感旧》,怀念王弗:

寸恨谁云短,绵绵岂易裁。半年眉绿未曾开。明月好风闲处、是人猜。

春雨消残冻,温风到冷灰。尊前一曲为谁哉。留取曲终一拍、待君来。

苏轼　拣尽寒枝不肯栖，寂寞沙洲冷

卜算子

[宋]苏轼

缺月挂疏桐，漏断人初静。谁见幽人独往来？缥缈孤鸿影。

惊起却回头，有恨无人省。拣尽寒枝不肯栖，寂寞沙洲冷。

苏东坡一生留下的诗词很多，这首《卜算子》也算是其中佼佼者之一了，黄庭坚曾评论说："语意高妙，似非吃烟火食人语，非胸中有万卷书，笔下无一点尘俗气，孰能至此！"但因为此诗的仙骨气质，历来争议很大。

有一种说法广为流传，认为此诗除了写苏东坡自己的政治寄托，还有一个"辜负"妙龄少女的故事。

唐宋知名文人大都愿意追捧各种名妓，苏东坡应该算是一个"异类"。他相对比较长情，虽然也有妻有妾，但对于陪在自己身边的长久之人感情都很深。至于为什么要"辜负"这个女孩，可能与他之前的感情经历和感情状态有关。

苏东坡与发妻王弗恩爱十多年，在王弗病去之后续娶的王闰之也是恩爱非常。而且在最开始娶王闰之时，苏东坡心里仍旧非常惦记王弗。

王闰之在娘家是没有名字的，家人称她为"二十七娘"，与苏东坡成婚之后，"闰之"二字由苏东坡所起。"闰"字除了表示二十七娘是闰月的生日，不期而然地还有"增多"的意思。

对于那时的苏东坡来说，中年丧妻，孩子年幼，只好无奈地给孩子找一个继母。但时间一长，王闰之还是以自己的行动征服了苏东坡的心。她虽然没有其姐"帘后偷听"的本事，但柔顺、能干又非常体贴，虽然出身农家，却有大家风范——陪伴苏东坡的二十多年里，锦衣玉食，也不骄纵；破衣耕织，亦不抱怨。而且对待王弗的孩子与自己的两个儿子，"三子如一，爱出于天"。

苏东坡也为王闰之写了很多诗，比如第一次做杭州通判时：

飞雪似杨花，犹不见家。对酒卷帘邀明月，风露透窗纱。

恰似嫦娥怜双燕，分明照、画梁斜。

还有从侧面夸赞王闰之的：

天欲雪，云满湖，楼台明灭山有无。

水清石出鱼可数，林深无人鸟相呼。

腊日不归对妻孥，名寻道人实自娱。

能在全国都放假，大家都在互相"串门"交流感情的时候，把家事都扔给王闰之自己跑出去玩，苏东坡心大不说，王闰之能干是肯定的了。只有她能做好这些事，苏东坡出去玩才会没有负担。

而流传千古的《后赤壁赋》也有王闰之的功劳。有客人来找苏东坡游赤壁，良辰美景，有鱼无酒。苏东坡回来问王闰之，王闰之却说："我有斗酒，藏之久矣，以待子不时之需。"于是苏东坡就与友人携酒与鱼，复游于赤壁之下。

苏东坡经历"乌台诗案"在湖州被捕，经过多人营救而改成被贬。这首《卜算子》中的女子就是苏东坡在被贬黄州时遇见的。当时苏东坡寓居定惠院，经常在深夜吟诗自娱，这时候就总有一个长得很漂亮的女子，来到他窗前偷听。

据说她是温都监女，长到十六岁了还不肯嫁人。因为之前就很仰慕苏东坡的才华，所以得知苏东坡来到黄州欣喜不已。在打听到苏东坡住处之后，就经常跑到他窗下听他吟诗。每当苏东坡发现他要推窗寻找时，她就已经很快地逃跑了，只留给苏东坡一个纤细美丽的背影。

苏东坡应该也知道女子的心事，况且当时46岁的苏东坡，就算是娶了这个女子为妾也不会被人说什么。但没想到苏东坡却对这个女子说："我为你物色了一位姓王的少年，可以和你成亲。"不知道女子听见苏东坡这样说会有多伤心，也许更多的是对苏东坡的失望。苏东坡这样说完，女子就再没出现。直到苏东坡离开黄州，过了没多久，那个女子就不知原因的死了，遗体被埋在了沙洲之畔。

等苏东坡回到黄州之后，不见女子，只见沙洲畔的黄土一堆，其心中的幽愤之情可想而知，于是就有了这一首《卜算子》。

天上一轮弯弯的月亮挂在枝丫稀疏的梧桐树上，夜深人静之时，谁见到了幽人独自往来，仿佛天边孤雁一样缥缈的身影，黑暗中受到惊吓骤然飞起回头看，却总不见有人理解它内心的无限幽怨。它在树枝间逡巡，却固执地不肯栖息，最后只能寂寞地降落在清冷的沙洲之上。

关于这个女子，宋代张耒还有一首诗与她相关："空江月明鱼龙眠，月中孤鸿影翩翩。有人清吟立江边，葛巾藜杖眼窥天。夜冷月堕幽虫泣，鸿影翘纱衣露湿。仙人采诗作步虚，玉皇饮之碧琳腴。"

当然，真实的情况早就被时间的长河淹没，而这个女子留给我们的就只剩下一个美好的传说，还有对其月下身影的无尽遐想。

陆游 山盟虽在，锦书难托

钗头凤·红酥手

[宋]陆游

红酥手，黄縢酒，满城春色宫墙柳。

东风恶，欢情薄。一怀愁绪，几年离索。错，错，错！

春如旧，人空瘦，泪痕红浥鲛绡透。

桃花落，闲池阁。山盟虽在，锦书难托。莫，莫，莫！

陆游，字务观，号放翁，越州山阴（今浙江绍兴）人，南宋著名爱国诗人、史学家。少时受家庭爱国思想熏陶，宋高宗时，参加礼部考试，因为受秦桧排挤而仕途不畅。到宋孝宗时被赐进士出身，又因为坚持抗金，被主和派排挤。中年时应四川宣抚使王炎之邀，投身军旅生活，任职于南郑幕府。

陆游一生写过很多诗词，其中知名度最高的就是《钗头凤·红酥手》，他和唐婉的故事也广为流传。

现在普遍认为唐婉是陆游的表妹，也有说只是与陆游母家同姓而已，其实二人并没有什么亲戚关系。唐婉的父亲唐诚与陆游父辈交好，两家人经常来往，陆游和唐婉幼时相识，两小无猜，青梅竹马长大。那时候双方家长都认为他们是天作之合，于是20岁的时候陆游就和唐婉成婚了。

陆游终日与唐婉吟诗作乐，婚后生活幸福无比，却被陆母认为是不务正业，不专心读书，因而，多次对唐婉加以呵斥。陆游此时已经荫补为登仕郎，这只是进仕为官的第一步，接着还要赴临安参加"锁厅试"以及礼部会试。但新婚宴尔的陆游一日也不舍离开唐婉，总是表面应承陆母，背后仍旧耽于玩乐。这让陆母更加不喜，她认为是唐婉带坏了陆游，"放纵丈夫堕于学"。

据说为了给陆游的休妻找一个很好的"借口"，她还曾经去庙中找老尼算卦。那老尼听完陆母的抱怨，掐算一下说："唐婉与陆游八字不合，先是予以误导，终必性命难保。"加上唐婉婚后一直无所出，于是陆母就强迫陆游休妻。

《礼记·内则》云："子甚宜其妻，父母不悦，出。"因为婆婆不喜欢而被休弃的女人在古代有很多，虽说最终决定权还在丈夫身上，但是能为了妻子反抗整个家族的男人还是少数。

陆游晚年，曾回忆说休妻的原因是因为唐婉"无所出"，但其实当时二人成婚只有三年，时间尚短，而且陆游同辈兄弟众多，即便无所出也可以过继一个孩子。陆游如此说可能只是想给自己洗白，暗示是因为唐婉的原因两人才分开，而实际上只是陆母不喜，陆游又没有态度坚决地保护唐婉。

　　可以说陆母本身是非常看中功名的，所以当陆游因为名次在秦桧儿子之上被秦桧所厌时，她不顾陆游本身意愿，非要让陆游去向秦桧低头，以谋求更好的官职。对于她来说，陆游和唐婉感受如何根本就不重要，重要的是娶回来的媳妇必须要恭敬，唯自己的命令是从。

　　陆游不敢明着反抗母命，但是又对唐婉实在不舍，于是就采取了敷衍的态度，把唐婉置于别馆，时时暗暗相会。这样的日子没过多久就被陆母发现，于是唐婉被送回娘家，陆游也再次娶妻王氏。

　　不久之后唐婉迫于父命，嫁给了同郡学子赵士程。赵士程是南宋宗室，宋太宗玄孙赵仲湜之子。其实以赵士程的身份，他娶唐婉做妾都是不合常理的，但他却顶住压力，娶了唐婉做妻子，而且是唯一的妻子，家中并无妾室。

　　有一种说法是，赵士程与陆游、唐婉既然是同郡人，那他们互相之间应该是认识的，陆游唐婉两小无猜，赵士程应该是处于暗恋唐婉的位置，不然很难有合适的理由说明，为什么他要娶一个被休弃的女子。

　　唐婉和赵士程婚后应该是过得很幸福，因为赵士程事事照顾唐婉的感受，对她无微不至地加以关怀。可惜，两人平静幸福的生活因为一次偶然的相遇和一首诗被打破了。

　　陆游和唐婉分开十多年之后，陆游回到老家，偶然到当时很有名的沈园游玩，谁知正好碰见赵士程与唐婉。一阵尴尬过后，唐婉征询了赵士程的意见，邀请陆游与他们夫妻小酌几杯。

赵士程不是小气的人，可能也觉得事情过去十多年，陆游的孩子都已经好几个了，他俩之间的感情早已消磨殆尽。但是，他没有想到的是，他低估了初恋在一个心思细腻的女人心里的重要性。这一次的大度，最终使他失去了深爱的唐婉。

在这短短的酒席之间，陆游和唐婉之间并没有说什么过分逾越的话，只是他们内心究竟起了什么样的波澜，不是当事人大概体会不到。不多时三人便分开了，只是唐婉和赵士程走后，陆游好一阵恍惚，曾经依偎在自己怀里论词谈诗的女子，现如今与自己多说一句话都不肯，他心中百感交集，借着酒意，写下了这首《钗头凤·红酥手》。

在满城洋溢春天气息，柳树也泛着新绿的时候，你曾经用红润纤细的手，捧着装满黄滕酒的杯子与我共饮，只是可恶的东风，却将我们的快乐和感情吹散。

现在的杯子里装满的是这么多年的离别生活带给我的愁绪。这正如烂漫的春花被无情的东风所摧残，最终只能无奈地凋谢飘零一样，只能感叹一句：错，错，错。

现在美丽的春景依旧，人却因为相思而变瘦。泪水洗掉了脸上的胭脂，又把擦拭的绢布浸透。桃花凋落在池塘楼阁之上，没有人陪我一起欣赏，再美好的景也只剩寂寞。我们就像这桃花一样，只能凭风吹落。曾经的山盟海誓还在，只是带着心意的书信早已没办法送达。只能感叹一句：罢了，罢了，罢了。

陆游将这首词写在了沈园的墙上，然后也离开了。

第二年春天，唐婉再次来到沈园游玩，在墙上忽然瞥见陆游的这首词。她反复吟诵着，想起了往日二人诗词唱和的情景，不由得泪流满面。心潮起伏之下提笔和了一首《钗头凤·世情薄》：

世情薄，人情恶，雨送黄昏花易落。晓风干，泪痕残。

欲笺心事，独语斜阑。难！难！难！

人成各，今非昨，病魂常似秋千索。角声寒，夜阑珊。

怕人寻问，咽泪妆欢。瞒！瞒！瞒！

本以为已经过去的事情再次被提起，打乱了唐婉现在平静的生活，而且沈园题诗相和之举，也多被时人所议论：与赵士程已经成婚那么久，竟然还跑去附和休弃自己的丈夫的诗词……

虽然赵士程不曾说过任何责怪的话，但在各种情绪的冲击之下，本就体弱的唐婉一病不起，没过多久竟然过世了。自己呵护宠爱了十多年的妻子就这样撒手人寰，还带着满腹愁肠和伤心，这愁绪和伤心还不是为了自己——尽管这样，深爱唐婉的赵士程还是强忍悲痛和伤心，将唐婉好好安葬，自己终身未曾再娶。

陆游之后的生活大多数是在军旅中，但人越到老年越是容易怀念以前的生活。他在年老之后多次来到沈园，并写下了多首怀念唐婉的诗。

68岁那年，他再次来到沈园，早年题诗的墙壁已经残破，但仍旧让他触景生情，写下《禹迹寺南有沈氏小园》：

枫叶初丹槲叶黄，河阳愁鬓怯新霜。

林亭感旧空回首，泉路凭谁说断肠。

坏壁醉题尘漠漠，断云幽梦事茫茫。

年来妄念消除尽，回首禅龛一炷香。

他75岁的时候再游沈园，这时候唐婉已经去世四十年了，又写下了悼亡诗两首：

其一：

城上斜阳画角哀，沈园非复旧池台。

伤心桥下春波绿，曾是惊鸿照影来。

其二：

梦断香消四十年，沈园柳老不吹绵。

此身行作稽山土，犹吊遗踪一泫然。

等到陆游81岁的时候，身体已经不足以支撑他再来沈园追思，他只能在自己的回忆里一遍一遍地去回忆曾经发生的点点滴滴，又赋《梦游沈园》诗：

其一：

路近城南已怕行，沈家园里更伤情；

香穿客袖梅花在，绿蘸寺桥春水生。

其二：

> 城南小陌又逢春，只见梅花不见人；
>
> 玉骨久成泉下土，墨痕犹锁壁间尘。

一直到陆游84岁，他最后一次来到已经修葺一新的沈园，写下了他一生最后一首沈园诗《春游》：

> 沈家园里花如锦，半是当年识放翁。
>
> 也信美人终作土，不堪幽梦太匆匆。

陆游于次年去世，终年85岁。

唐寅　云笼楚馆虚金屋，凤入巫山奏玉箫

扬州道上思念沈九娘

[明]唐寅

相思两地望迢迢，清泪临门落布袍。

杨柳晓烟情绪乱，梨花暮雨梦魂销。

云笼楚馆虚金屋，凤入巫山奏玉箫。

明日河桥重回首，月明千里故人遥。

唐寅，即唐伯虎，一字子畏，号六如居士、桃花庵主等，明代著名诗人、画家，吴县(今江苏苏州)人。他玩世不恭而又才华横溢，诗文擅名，与祝允明、文徵明、徐祯卿并称"江南四才子"；画名更著，与沈周、文徵明、仇英并称"吴门四家"。

现在的人只要提起唐伯虎，就自然会想起秋香，还有他家中各种各样的美人，都认为他是一介风流才子，除了诗画就是醉卧美人膝。但实际上，唐伯虎是个才子不假，但应该谈不上风流。秋香也好，众多美人也好，都只是后人强加到"唐伯虎"这个形象之上的。唐伯虎本人虽然娶过三位妻子，但都有一定

的缘故，而且他还算是一个用情颇深之人。

唐伯虎15岁就以第一名的成绩补苏州府府学附生，18岁时与第一任妻子徐氏——当地名门徐延瑞的次女成婚。在很多影视作品里，唐伯虎家都是家财万贯，仆从成群。但实际上，在唐伯虎第一次成亲之时，家中只能算是家境尚可。婚后第六年，唐伯虎的父亲去世，之后母亲、妻子、儿子、妹妹相继在两年之内去世。接连不断的亲人离世，使得唐伯虎的精神遭受了巨大打击，原本尚可的家境也逐渐衰落。

据说，有一段时间他连亲人去世的葬资都拿不出来，也有过数次自杀的经历。后来在朋友的劝慰下，开始潜心读书，准备科考。巨大的打击之后，唐伯虎颇有些今朝有酒今朝醉之感。他曾在科举考试期间和好友张灵通宵达旦地喝酒，当时的提学御史方志十分厌恶这种习气，因此，即便唐伯虎文采斐然，也准备让他名落孙山。当时苏州知府曹凤爱惜唐伯虎的才学，替唐伯虎求情，所以才改判为最后一名。

第二年，弘治十一年（公元1498年），唐伯虎考中应天乡试第一名，他在《领解元后谢主司》一诗之中写道：

壮心未肯逐樵渔，秦运咸思备扫除。

剑责百金方折阅，玉遭三黜忽沽诸。

红绫敢望明年饼，黄绢深惭此日书。

三策举场非古赋，上天何以得吹嘘。

考中解元之后，唐伯虎一时间名震江南，盛名之下，唐伯虎娶了第二任妻子何氏。娶妻之后没多久，他就要赴京赶考。好友祝允明赶到长亭为他饯行，何氏当时与唐伯虎也颇为依依不舍。

祝允明被贬官之后就看破了红尘，无意于官场，沉醉于山水诗词之中。他给唐伯虎送行时，还带去钦慕唐伯虎大名已久的沈九娘和徐素两位花魁，祝允明让徐素弹琵琶，沈九娘唱歌，为唐伯虎壮行。这也是唐伯虎第一次见沈九娘，当时他也只是感叹，青楼中竟然有如此美丽的女子。

本以为凭借唐伯虎的才学，这次考试肯定能有一个很好的成绩。谁知道，就是因为才学太高，唐伯虎差点死在京城的牢里。这次的会试由侍读学士程敏政和李东阳主持，唐伯虎有一个好友叫徐经，他也是满腹才学，而且徐经还是程敏政的内侄。唐伯虎和徐经考试前曾一起探讨试题，巧的是那次考试出的题目比较偏，题目恰与他们考试之前探讨的相差无几。后来程敏政在浏览试卷之时发现有两张卷子答题贴切，文辞优雅，于是就脱口而出："此两张卷子必为唐寅、徐经所做。"但不料被在场有心之人听见并传了出来。

考试刚一结束就已经流言满天，人人皆说"江阴富人徐经贿金预得试题"。考试泄题乃是大忌，一时流言四起，明孝宗盛怒之下，将几人全都下狱审问。唐伯虎在狱中的生活十分悲惨，他在给文徵明的信中曾写道:"至于天子震赫,召捕诏狱,自贯三木,吏卒如虎,举头抢地,涕泪横集。"从高中解元,满怀雄心壮志的赶考,到一朝被捕,被肆意侮辱,心理落差不可谓不大。

虽然最后确认是一桩冤案,可总有人抱着"我没考好,你考好了肯定是因为作弊"的心理,不愿意承认,仍旧流言如沸。最后在明知是冤案的情况下,程敏政被罢官,不久后就生病去世,而唐伯虎和徐经也被发配到县衙当小吏。唐伯虎耻不就职,带着满心屈辱和委屈回到了家中。

回到家中后,何氏并没有温言安慰受了天大冤屈的丈夫,反而收拾包裹回了娘家。临走之前只留下两句话:"若待夫妻重相聚,除非金榜题名时。"经过这样的变故,唐伯虎更加心灰意冷。

后来,亲朋好友劝他再娶一位女子照顾自己,唐伯虎却迟迟没有同意。一方面是因为自身常常要借钱度日,没办法养活一家人;另一方面是因为他此时已经与沈九娘的往来逐渐增多。但是,二人心中均有所顾忌,沈九娘卑于自己的身份,唐伯虎困于自己的潦倒。这一年的中秋,唐伯虎去看望沈九娘,见她正在收拾一把团扇,就在上面题诗:

秋来执扇合收藏,何事佳人重感伤?

请把世情详细看,大都谁不逐炎凉。

沈九娘自然明白唐伯虎的心意,但她总是觉得自卑,而且唐伯虎与她来往,也受到了亲朋好友的鄙视,似乎抱着游戏人间的态度与妓女来往就是风流，抱着成亲的目的来往则是自甘堕落，连他的弟弟都对此事颇有微词。沈九娘也知道唐伯虎此时的压力，她总是安慰他，不仅在精神上给他鼓励，在经济上也常接济他。

那个时候，笔墨纸砚都是一笔不小的开销，沈九娘为了能让唐伯虎潜心学画，将自己的妆阁收拾得十分整齐，笔墨纸砚自然都是准备好的。等唐伯虎作画时，沈九娘给他铺纸、调色、洗砚，使他享受到红袖添香的待遇。唐伯虎飘零半世的心，在沈九娘的呵护下，终于体会到了一丝温暖，他决定绝不辜负这个对自己深情相待的女子。

终于，唐伯虎在自己36岁这年，将沈九娘娶回了家。婚后，二人花光了全部积蓄，甚至还借了一部分外债，买了苏州桃花坞的一座闲置的宅子。虽然房子本身已经有所残破，但好在周围有小山，有池塘，风景很是优美。这就是后来著名的桃花庵，唐伯虎也因此而自称"桃花庵主"。

桃花庵修建好的那一年，唐伯虎与沈九娘的女儿出生，唐伯虎给这个小女孩起名叫作桃笙。在这个新修好的房子里，唐伯虎还写下了那首著名的《桃花庵歌》：

桃花坞里桃花庵，桃花庵下桃花仙。桃花仙人种桃树，又摘桃花卖酒钱。

酒醒只在花前坐，酒醉还来花下眠。半醒半醉日复日，花落花开年复年。

但愿老死花酒间，不愿鞠躬车马前。车尘马足富者趣，酒盏花枝贫者缘。

若将富贵比贫贱，一在平地一在天。若将贫贱比车马，他得驱驰我得闲。

别人笑我太疯癫，我笑他人看不穿。不见五陵豪杰墓，无花无酒锄作田。

桃花庵的那几年是唐伯虎难得的宁静时光，他潜心作画，还常邀请祝允明、文徵明等好友来此饮酒作诗，研墨挥毫，宾主尽欢方散。沈九娘就照顾女儿桃笙，操持家务，家中的经济来源就靠唐伯虎卖画来维持。就像唐伯虎说的："闲来写幅丹青卖，不使人间造孽钱。"虽然仍算不上富裕，但是一家人在一起，每天也过得开开心心。

唐伯虎还曾给沈九娘写诗云：

> 不炼金丹不坐禅，饥来吃饭倦来眠。
> 生涯画笔兼诗笔，踪迹花边与柳边。
> 镜里形骸春共老，灯前夫妻月同圆。
> 万场快乐千场醉，世上闲人地上仙。

小桃笙出生的第三年，苏州遭遇洪灾，民不聊生，吃饭都成了问题，自然没有人再花钱去买画，唐伯虎家有时连米钱都没有着落。就像在《贫士吟》中感叹的那样："湖上水田人不要，谁来买我画中山？"一家人的生活，全靠沈九娘给人洗衣缝补做些零活来维持。这样的生活持续了三年，最后沈九娘因为操劳过度而病倒，坚持了没有多久就离世了，年仅38岁。

她与唐伯虎的婚姻只维持了七年，但是这七年也是唐伯虎生命中难得的温暖时光了。唐伯虎悲痛万分，这一生中遭遇了太多不幸，唯一的红颜知己又离自己远去，他在桃花庵中写下了这首《扬州道上思念沈九娘》，表述自己思念沈九娘的心情。

沈九娘死后，唐伯虎没有再娶，带着幼女桃笙在桃花庵艰难度日。两年多之后，唐伯虎心灰意冷，觉得自己经历了太多的大起大落，大喜大悲，已经看破红尘，于是皈依佛门，号六如居士。"六如"取自《金刚经》中的"六如偈"："一切有为法，如梦幻泡影，如露亦如电，应作如是观。"

"生在阳间有散场，死归地府也何妨。阳间地府俱相似，只当飘流在异乡。"这是唐伯虎病逝前在桃花庵写下的绝笔诗。也许在过了十多年没有沈九娘的日子之后，到哪里都没有什么区别了。唐伯虎家境萧条，死后甚至都无钱安葬，还是祝允明等朋友慷慨解囊，凑足了他的安葬费用，将他葬在了桃花庵附近。

黄娥　寄书难，无情征雁，飞不到滇南

寄升庵调黄莺儿

[明]黄娥

晴雨酿春寒，见繁花树树，残泥涂满眼。登临倦，江流几湾？云山几盘？天涯极目空肠断。寄书难，无情征雁，飞不到滇南。

黄娥，字秀眉，明代女文学家，四川省遂宁市人。她的丈夫是明朝正德年间状元杨慎，世称她为黄安人、黄夫人。父亲黄珂官至尚书，母亲王氏也知书识礼，所以她自幼博通经史，能诗文，擅制词典，与卓文君、薛涛、花蕊夫人并称"蜀中四大才女"。

黄娥年幼随父在京中居住，后来黄珂感于朝廷腐败，且自己年事已高，就辞官带着妻儿家眷回乡去了。黄娥逐渐长大，念及京城旧事，就拨动琴弦，弹唱了一首自己作的《玉堂客》以抒胸怀：

东风芳草竟芊绵，何处是王孙故园？

梦断魂萦人又远，对花枝空忆当年。

　　愁眉不展，望断青楼红苑。

　　合离恨满，这情衷怎生消遣！

　　这首散曲很快流传开，也为黄娥带来了自己命中注定的姻缘——杨慎。

　　杨慎出身官宦之家，父亲杨廷和官至吏部尚书、武英殿大学士。他本人从小就聪明伶俐，11岁时就能写近体诗，12岁时做《吊古战场文》，写出过"青楼断红粉之魂，白日照翠苔之骨"这样的句子。杨慎21岁时参加会试，本已经被考官选为第一名，不料烛花将卷子烧坏，以至名落孙山。直到24岁时又参加考试，殿试第一，考中了状元。

　　黄娥的父亲深感自己女儿的容貌才情，虽求亲之人众多，但也一直精挑细选，一直到黄娥20岁才与杨慎定亲。当时杨慎已经31岁了，正是一个男人最富有魅力的年纪，再加上少有才名，父亲杨廷和与黄珂更是至交好友，算得上是门当户对。唯一美中不足的是，当时杨慎已经娶过一任妻子，只是她因病亡故了。

　　于是，杨慎在原配亡故之后的第二年与黄娥在新都桂湖之滨的榴阁成婚。黄娥就以石榴自喻，赋诗一首：

　　移来西域种多奇，槛外绯花掩映时。

　　不为秋深能结实；肯于夏半烂生姿！

　　番嫌桃李开何早；独秉灵根放故迟。

　　朵朵如霞明照眼，晚凉相对更相宜。

　　身为续娶继室，说自己像五月的石榴花，虽然开得迟但依旧朵朵如霞，这也表示了对丈夫的满意。婚后二人的生活自然也是恩爱无比，此时杨慎因为不满明武宗朱厚照的荒诞行为，称病告假，辞官回乡赋闲在家，两人婚后朝夕相对，赋曲唱词。这样幸福的生活过了两年，直到明世宗朱厚熜登基。

　　朱厚熜登基之后授杨慎翰林院修撰，经筵讲官之职。虽然每日忙于公务，但二人的感情反而因为"小别"更加深厚。杨慎给朱厚熜讲书，经常联系实际情况教育朱厚熜，而对于一个已经登上皇位的人来说，未必喜欢听违逆自己意愿的真话，所以朱厚熜常常借故不听，杨慎的一番"良药苦口"被皇帝认为是"意见相左"。

　　本来，朱厚熜能登上皇位就是因为朱厚照无子，在张皇后和杨慎父亲杨延和的商议下，身为朱厚照堂弟的朱厚熜才能有机会登基。在杨延和的庇护之下，杨慎不应有那么悲惨的下场，但他太过于耿直，既不受皇帝宠爱，又得罪了不少权贵，所以才落得充军流放的下场。

　　朱厚熜登基之后，因为是"兄终弟及"而登上皇位，对于自己的亲生父亲就只能称呼"皇叔父"或"本生父"，而且他父亲不能享祀太庙。于是他就想出了一个办法，正式下诏改生父为恭穆皇帝，除了部分善于阿谀奉承之人，大部分谏官群情激奋,二百多人列宫抗议,最终全部被抓捕下狱,为首者也被杖刑。杨慎先后挨了两次杖刑,差点一命呜呼,然后就被充军云南永昌卫。

杨慎遭此大难,黄娥感同身受。因为杨慎之前得罪了很多克扣军饷的贪官,所以在他被流放的途中也并不安全,总有人想要杀了他。黄娥不放心丈夫一人上路,于是她带着家人一路护送杨慎去云南。杨慎被带着从通县下潞河上船。黄峨就到天津口乘大船,沿运河入长江,溯江而上。夫妻二人风雨同舟,历尽千辛万苦。

但到了江陵,二人就不得不分开了,黄娥溯江而上,回到四川新都杨慎的老家,而杨慎则要被押解,经湖南,过贵州,而至云南。

分别之际,杨慎望着饱经风霜的妻子,怆然填词:

楚寨巴山横渡口,行人莫上江楼。征骖去棹两悠悠。相看临远水,独自上孤舟。

却羡多情沙上鸟,双飞双宿河洲。今宵明月为谁留。团团清影好,偏照别离愁。

黄娥想到从此难见丈夫一面,也是悲从中来,填了五首《罗江怨》,其中之一为:

关山转望赊,程途倦也。愁人莫与愁人说。

离乡背井,瞻天望阙。丹青难把衷肠写。

　　炎方风景别，京华音信绝。世情休问凉和热。

　　与黄娥分开之后，杨慎在被押解途中，因为见到一渔夫和一柴夫在煮鱼喝酒，谈笑风生，有感而发，写了一首后来知名度更高的词：

　　滚滚长江东逝水，浪花淘尽英雄。是非成败转头空。青山依旧在，几度夕阳红。

　　白发渔樵江渚上，惯看秋月春风。一壶浊酒喜相逢。古今多少事，都付笑谈中。

　　黄娥回到新都榴阁，除了日常生活，就是在苦苦等待杨慎的来信，在收到写有"辞家衣线绽，去国履痕穿"的家书时，竟哭得不能自已，凄然谱成四阕《黄莺儿》，第一首就是开篇的那首。

　　本来应该满是欣喜的春天，因为黄娥的悲伤心情，雨水都让人觉得春寒料峭，本来满是繁花的树也因此凋落。江水拐了多少弯，云山又盘旋多少圈，望断天涯也看不见你在哪。与你写信寄书又那么困难，因为没有大雁飞得到滇南。

　　这样不能相见、难通书信的状态一直持续了两年，两年之后，杨廷和生病，杨慎得以短暂回家探视，黄娥这才得以与两年多未见的丈夫见面。杨廷和见杨慎回到自己身边，病很快就痊愈了。杨慎只得又回到滇南服役，这一次，他不是一人返回，而是带上了黄娥。

　　黄娥在戍所陪伴了杨慎两年，夫妻俩朝夕相处，虽然饱尝流放之苦，不仅要避叛军还要防瘟疫，但生活的艰苦并没有打消黄峨陪伴杨慎的决心，二人之间感情更加深厚了。

　　这朝夕相伴的两年也是黄娥最后陪在杨慎身边的时光，两年之后，杨廷和去世，两人一起赶回新都老家奔丧。之后杨慎继续服役，黄娥只能在家苦苦等待，这一别就是三十年。

　　黄娥在《罗江怨》里抒离别情怀：

　　空庭月影斜，东方亮也。金鸡惊散枕边蝶。长亭十里，阳关三叠。相思相见何年月？

　　泪流襟上血，愁穿心上结，鸳鸯被冷雕鞍热。

　　青山隐隐遮，行人去也。羊肠小道几回折。雁声不到，马蹄不恼。恼人正是寒冬节。

　　长空孤雁灭，平芜远树接，倚楼人冷栏杆热。

　　关山转望赊，程途倦也。愁人莫与愁人说。离乡背井，瞻天望阙。丹青难把衷肠写。

　　炎方风景别，京华音信绝。世情休问凉和热。

　　荒寒的景色，更加衬托出黄娥凄苦的处境，在感叹世态炎凉的同时，还整日忧心牵挂远方丈夫的安危。还有一首《又寄升庵》，黄娥写道：

　　　　懒把音书寄日边，别离经岁又经年。

　　　　郎君自是无归计，何处青山不杜鹃。

因为朱厚熜很是记恨"议大礼"中杨慎反对自己，在他整个统治期间，有过六次天下大赦，杨慎都不能因此解脱。明朝律法规定，年满六十还在服刑者，家人可以出金赎回，但是杨慎到六十多岁还要服役，却无人敢受理有关他的赎回之事。根据明律，满七十的罪犯即可归休，不再服役。

但杨慎七十之后归蜀不久，就被朱厚熜派人将他抓回云南，最后在72岁之时死于戍所。当时的云南巡抚命人将其殡殓入棺，并送回新都。

杨慎亡故的消息传来，黄娥不顾自己年迈的身躯，徒步奔赴云南奔丧，到泸州时遇见被运回的杨慎灵柩，扶棺痛哭，以致几欲昏厥。

到家之后亲朋主张厚葬杨慎，黄娥强忍悲痛，力排众议，只以简单丧仪装殓了杨慎遗体。果然，下葬那天，朱厚熜派人前来查验，见死去的杨慎只穿着戍卒的衣帽，家中众人也都恭敬无比，找不到任何非难的借口，这才免去杨家的灭族之祸。

纳兰性德　而今才道当时错，心绪凄迷

采桑子·当时错

[清]纳兰性德

而今才道当时错，心绪凄迷。红泪偷垂，满眼春风百事非。

情知此后来无计，强说欢期。一别如斯，落尽梨花月又西。

纳兰性德，字容若，叶赫那拉氏，号楞伽山人，后人常称其为纳兰容若。他是清朝初年词人，满洲正黄旗人，原名纳兰成德，因避讳而改名纳兰性德。

他是大学士纳兰明珠的长子，其母为英亲王阿济格第五女爱新觉罗氏。纳兰容若尤其擅长诗词，以"真"取胜，词风"清丽婉约，哀感顽艳，格高韵远，独具特色"，被晚清词人况周颐誉为"国初第一词手"。

纳兰容若自幼饱读诗书，文武兼修，18岁就已经考中举人，之后纳兰容若拜徐乾学为师，用两年时间编撰了儒学汇编——《通志堂经解》，深受康熙皇帝赏识。

纳兰容若的才华深受满人追捧，再加上身份高贵，仰慕他的女子很多，而这样的人的爱情似乎都来得比较早。纳兰容若最初与自己表妹雪梅定亲，后又因表妹入宫，娶妻卢氏。与卢氏恩爱不过四年后，卢氏因为难产去世。

之后，纳兰容若又娶妻瓜尔佳氏，纳妾颜氏。但是，在接连失去表妹与卢氏之后，纳兰容若的词越写越哀伤。

纳兰容若因为性格和才气有很多好友，因为他情路坎坷，为了安慰他好友们经常一起聚会畅饮，把酒临杯，作词消愁。其中有一个叫顾贞观的人，告诉情绪低落的纳兰容若，还是有女子喜欢你的。在江南有一个叫沈宛的名妓，很是仰慕你，经常将你的词谱曲传唱，声音哀婉动听，极富有感情。

纳兰容若不由得感到惊讶，自己的词被传唱颇多，"家家争唱饮水词，纳兰心事几人知？"但很多人未必理解其中之意，只是人云亦云。而被一个名妓在青楼传唱，还唱得颇有感情，还是头一次听说。

顾贞观见纳兰容若有了要听下去的意思，就进一步细说了沈宛是如何的大方、清秀和有才华，直听得纳兰容若感叹，若是有缘，定要与此女相见，看是否真的如顾贞观所形容的那样，是否真的能是自己诗词的知己。

这个机会很快就来到了，康熙皇帝要出巡江南，纳兰容若作为御前侍卫自然要随从。在江南的一艘画舫上，纳兰容若见到了娇柔貌美的沈宛。

　　沈宛素手轻抚琴，唱着"添段新愁和感旧，拼却红颜瘦"，纳兰容若为她写了一阕《浣溪沙》：

　　十八年前堕世间，吹花嚼蕊弄冰弦，多情情寄阿谁边？

　　紫玉钗斜灯影背，红锦粉冷枕函偏。相看好处却无言。

　　一个丫鬟能照顾好纳兰容若的生活起居，却不能抚慰他敏感多情的心灵，因此沈宛一出现就成了纳兰容若的精神伴侣。但是，随着康熙皇帝南巡的结束，纳兰容若自然要回到京城，而当时满汉不通婚，更何况沈宛只是一个青楼女子，身为大学士的纳兰明珠是绝对不会允许自己的儿子带一个青楼女子回京的。于是，纳兰容若只得与沈宛分开。

　　陷入对彼此思念的两个人，只能将想念倾注于诗词，表达着自己的心情。

　　纳兰容若：

　　欲问江梅瘦几分，只看愁损翠罗裙，麝篝衾冷惜余熏。

　　可耐暮寒长倚竹，便教春好不开门，枇杷花底校书人。

　　沈宛：

　　雁书蝶梦皆成杳，月户云窗人悄悄，记得画楼东，归骢系月中。

　　醒来灯未灭，心事和谁说，只有旧罗裳，偷沾泪两行。

　　纳兰容若：

　　窗前桃蕊娇如倦，东风泪洗胭脂面。人在小红楼，离情唱

《石州》。

　　夜来双燕宿，灯背屏腰绿。香尽雨阑珊，薄衾寒不寒。

　　这样的分别离恨折磨着已经痛失过所爱的纳兰容若，他本就是为情而生的人，如果没有纤细敏感的心，也写不出一首首充满感情的词。于是在思念沈宛之时就有了这首《采桑子·当时错》。

　　现在才知道当初是我错了，心中凄凉而倍觉迷乱，想到你正在默默流着眼泪，虽然现在在我面前看到的都是春风，但事情却已经和从前不同。心里明明知道难有见面的机会，在分离之际却只能强颜欢笑，约定着日期。自从与你别离，枝头的梨花已经落完了，月亮也已经走到了天的西方，时间那么久还是没有相见，每时每刻的想念实在难熬。

　　很快，纳兰容若再也不愿意就这样与沈宛分隔两地，虽然不能公开地在一起，但至少二人可以相守，而不必再受这相思之苦。纳兰容若再次找到了顾贞观帮忙，千里迢迢地将沈宛从江南带到京城。

　　虽然纳兰容若没办法让沈宛入府，没办法给沈宛一个名分，但对于这两个人来说，能在一起就已经非常高兴了。

　　纳兰容若在德胜门另购买了一座别院，将沈宛安置其中，二人也度过了一段才子佳人的神仙似的生活。纳兰容若还有公务在身，还有府中妻妾，不能时时陪在沈宛身边，因而每次两人小别之后的下一次相聚都显得分外不易，也更让人珍惜。

在这样交织着等待与欣喜的时光流逝里，沈宛怀孕了，纳兰容若这个时候必然是惊喜万分的，但这喜悦里可能还夹杂着对沈宛身体的担心。这样的担心很快就变得微不足道了，因为纳兰容若自己得了重病，治疗了很久也没有好转，去世之时年仅31岁。

这时，沈宛肚子里的孩子才刚刚六个月。也许在最开始，伤心欲绝的沈宛曾经也想过要追随纳兰容若而去，可是为了孩子，沈宛坚持着挺过了纳兰容若刚刚去世的那段伤心欲绝、无人诉说的时间。

沈宛当时的地位很尴尬，纳兰容若府的人知道她，却没有人承认她。等到生下孩子，本以为自己可以与这个有着纳兰容若血脉的孩子相守着度过下半生，但不料纳兰容若府的人将孩子强行"抱走"，而她自己也被"请"回江南。

这个后来被起名叫"富森"的遗腹子倒是名正言顺地入了纳兰容若家的族谱。也许是因为纳兰容若早亡，所以他在纳兰容若家还颇受宠爱，甚至与纳兰容若之前的孩子一样得以出现在生父纳兰容若的墓志铭上。

甚至，在富森70岁的时候，还被乾隆邀请参加了"千叟宴"。

而沈宛在回到江南之后，将满腹的才华都倾注在了《选梦词》中，思及过去与纳兰容若相处的种种，她写下了大量的悼亡之作，其文采被誉为"丰神不减夫婿"，如这首《朝玉阶·秋月有感》：

　　　　惆怅凄凄秋暮天，萧条离别后，已经年。

　　　　乌丝旧咏细生怜。梦魂飞故国，不能前。

　　　　无穷幽怨类啼鹃，总教多血泪，亦徒然。

　　　　枝分连理绝姻缘。独窥天上月，几回圆。

第五辑

休言半纸无多重，万斛离愁尽耐担

佚名　欢若见怜时，棺木为侬开

华山畿·君既为侬死

[南北朝]佚名

华山畿！

君既为侬死，独生为谁施？

欢若见怜时，棺木为侬开！

这个故事被称为梁山伯与祝英台的最初雏形，虽然没有梁祝那么哀婉，也并不如梁祝有名气，但总感觉这里面的爱情更加纯粹。

南北朝的时候，有一个南徐的士子，从华山畿（今丹徒）去往云阳（今丹阳），在华山脚下偶然见到了一位女子。如何得见，如今已经不可知，见面之时的情景也无人知晓。但以乐府诗的纯粹，可能就是从那里路过，然后偶然见到一个身量纤纤的女子，可能正在干着手里的活，也可能只是站在树下望着远方出神……用现在的话来形容就是一见倾心，一见如故。

这个士子回家之后，日夜思念这个女子，辗转难眠，相思成疾，最后"感心疾而死"。临死之前，他提出希望将自己葬在华山旁最初见到那个女子的地方。于是，家里人遵从了他的遗愿，用一辆老牛车带着他奔向华山。

等到了山脚下女子的家那里，那头老牛突然不肯走。女子出来后，见到了士子的棺木，她的脸上没有悲伤，只是很平静地说："请等一下。"然后转身回到家中，沐浴更衣，盛装打扮之后出来，站在棺木旁高声唱了这首《华山畿·君既为侬死》。

华山畿啊，华山畿，你既然为了我而死，我又怎么会一个人独活，如果你可怜我现在的处境，就将棺木为我打开吧，我愿意陪伴你一同离开。

女子唱完，棺木应声而开，女子面带笑容，纵身而入，棺木又缓缓地自动合上。之后众人将两人合葬，称为"神女冢"。而这首《华山畿·君既为侬死》就这样流传了下来。

梁祝的爱情凄婉动人，却总是被人添加了太多"故意"，人们用自己的臆想为那段故事添加了太多的情节。

在最开始的这个故事里，更值得人记住和敬佩的是这个女子的勇气。士子因思念自己成疾，对女子来说，既然你以生命爱我，那我就用生命还你——如果灵魂有颜色，这个女子一定是纤尘不染的纯白。

王维　朝为越溪女，暮作吴宫妃

西施咏

［唐］王维

艳色天下重，西施宁久微。

朝为越溪女，暮作吴宫妃。

贱日岂殊众，贵来方悟稀。

邀人傅脂粉，不自著罗衣。

君宠益娇态，君怜无是非。

当时浣纱伴，莫得同车归。

持谢邻家子，效颦安可希。

王维，字摩诘，号摩诘居士，河东蒲州（今山西运城）人，唐朝著名诗人、画家。王维喜好参禅悟理，学庄信道，并精通诗、书、画、音乐等，与孟浩然合称"王孟"，有"诗佛"之称，书画更被后人推为"南宗山水画之祖"。苏轼评价王维："味摩诘之诗，诗中有画；观摩诘之画，画中有诗。"

古代写西施诗词的人很多，王维用"朝为越溪女，暮作吴宫妃"这样的时间对比，更加突出了命运转变之快，更写出了西施命运的无常。但西施这样一个美人，留给后人的无尽想象，也不是一首诗、一幅画能说得清的。

西施，本名施夷光，越国美女，一般称其为西施或西子。她与王昭君、貂蝉、杨玉环并称为"中国古代四大美女"，她们以"闭月羞花之貌，沉鱼落雁之容"闻名，其中"沉鱼"说的就是西施。幼年的西施随母亲在溪边浣纱，水中的鱼见到她的美貌就忘记了游动，然后直挺挺地沉入水底。现在，当年西施浣纱的地方还有王羲之手书的"浣纱"二字。

如果没有越国向吴国俯首称臣，没有越王勾践的卧薪尝胆，西施可能也会像那些因为貌美而闻名乡里的女子一样，嫁给一个富商或者权贵人物，去过衣食无忧，偶尔发愁丈夫对自己的宠爱变少的一生。但是这些如果都被越王大夫文种献上的灭吴九策给改变了。

在文种的九策里，美人计是非常重要的一策。幼时已有美名的西施就这样被选中，有说她是被范蠡在巡视全国时找到的，也有说她是被文种带回宫中的。而关于西施和范蠡二人，民间又有着数不尽的故事。最夸张的说法是西施和范蠡彼此相爱，在去往吴国的路上，走了整整三年，到吴国的时候，他们两人的儿子都已经能走路了。

西施被找到之后就被带回了会稽，练习歌舞和体态，除此之外应该还有其他知识。这样的训练整整持续了三年，西施从一个天生丽质的浣纱女变成为一个任何人都无法拒绝的淑女。进献给吴国之后，吴王夫差果然大喜，对这个有着倾城之貌的美人喜欢不已，在姑苏特意为她建造春宵宫，宫中筑有大池，池中还设有青龙舟，两人常在池中舟上嬉戏。更为西施建造了专供她表演用的馆娃阁和灵馆等。

夫差对西施宠爱非常，两人春秋宿于姑苏台，冬夏宿于馆娃宫，每天一同赏花游湖，听琴看歌舞。伍子胥数次进言，想要趁着勾践国弱，将之斩草除根，但都因为西施的"枕边风"而失败，最后更是逼迫伍子胥自杀。当时灵岩山上有一眼清泉，夫差喜欢看西施对着泉水梳妆，他经常看着看着就亲自动手为西施梳头发。伍子胥的逆耳忠言，夫差是听不进去的，当时经常跟在夫差身边的就是太宰伯嚭，他则专挑夫差喜欢的话说，极尽阿谀奉承之能事。于是，夫差就更加抛下国家大事于不顾，每日专注于与西施玩乐。

西施擅长跳"响屐舞"，为了让西施跳起来更好看，更好听，夫差又专门为她筑"响屐廊"，用数以百计的大缸做底，上面铺上木板，西施就穿着木屐在木板上跳舞。华丽繁复的宫裙上系有小铃，不需要伴乐，铃声和大缸的回响声交织在一起，声音非常动听。绝美的容颜加上优美的舞姿，使夫差如醉如痴，更加沉湎于享乐。

更有甚者，夫差与大臣们谈论国家大事，也不那么避讳西施，西施能探听到的都是这个国家最机密的情报，然后报告给越王勾践。在吴王沉溺于温柔乡的时候，勾践正在"卧薪尝胆"，与自己的臣子和国民一起吃苦，努力地壮大自己国家的实力。

终于，积攒到足够的力量，勾践用被越国大军所破的姑苏城证明了自己的胜利。数年的卧薪尝胆，数年的忍辱负重，在这一刻得到了回报。夫差眼见大势已去，就选择了自杀身亡，而间接造成这一切的"功臣"西施却下落成谜。

关于西施的去处有很多种说法，其中一种说法是她被夫差用皮革裹成的口袋装好，沉江而死。这是因为夫差当年要惩罚伍子胥时，伍子胥曾含恨对自己的友人说："我死后你就在我的坟头种上梓树，等树长好之后再做棺材。将我的双眼挖出，挂在姑苏城的东门上，我要眼看着越国军队灭吴。"

此话被夫差知晓后，就将伍子胥的尸体装入袋子，沉入江中，并拍手笑说："这下你再也看不见了。"

而当吴国将要被灭，夫差恼怒于自己竟然被西施所惑，自杀前就命人将西施沉江，也是不希望这样的绝世美人被除自己之外的人占有。

另一种说法是，西施在越国军队进城之后被越人所擒，献给了勾践。勾践自然想留这样一个美人在自己身边，但是勾践的王后却不同意这件事。西施的美貌在任何女人的眼里都是一种威胁，于是她就对勾践的臣子们建议说，这种能亡了吴国的"妖女"，不能留在大王身边，谁知道会不会重现夫差的下场。

于是，在这样的"民族大义"之下，本应该是灭吴功臣的西施被沉江处死了。唐代诗人罗隐曾写道："家国兴亡自有时，吴人何苦怨西施。西施若解倾吴国，越国亡来又为谁。"

还有一种说法流传最广，大众接受度最高，说是当时范蠡知道"鸟尽弓藏"的道理，在勾践胜利后就带着妻儿老小逃离吴国，而在逃离之前，他将西施也带上了。因为范蠡在之前训练她的途中喜欢上了这个女子，但碍于国家大义，只能将她送到吴国宫中。

西施完成任务之后，范蠡预见自己的下场可能会比夫差还要惨，最后选择仓皇逃离，而在逃离之际，自然带上了早就约好一起离开是非之地的西施。于是，在告知自己的好友文种早日辞官保命之后，范蠡就带着西施泛舟太湖，逍遥隐去。

还有说，西施本就是范蠡的恋人，在国家大义面前，范蠡忍痛将西施送进了夫差宫中，但等到吴国一灭，原本相爱的两个人就携手远去，去过只羡鸳鸯不羡仙的生活了。

最后一种结局似乎也只是源于人们对美女的偏爱，总希望她们能有一个好的归宿。但很多时候只是人们出于对美好的一种向往，真相往往都是残酷和不能直视的。也许，对于总是从别处找原因的人来说，美人的美就是她们的原罪。但实际上，古代的美人除了特别幸运的之外，大都过得十分凄苦无依，真正有罪的可能还是男性无休止的欲望，而美人就只能是权势和欲望交织下的牺牲品。

王维　愿君多采撷，此物最相思

相　思

[唐]王维

红豆生南国，春来发几枝。

愿君多采撷，此物最相思。

最开始以为这首《相思》是诗人为心爱女子所写，后来逐步了解才发现，这首诗还有一个名字叫《江上赠李龟年》，所以这是一首赠送好友的诗句。后来，人们都将它当成了表述爱情里思念的意思。同时代的杜甫也有一首《江南逢李龟年》，那李龟年又是谁呢？有什么样的特长和才华让两位大诗人给他写诗呢？

李龟年是唐玄宗时期的乐工，是梨园弟子，擅吹筚篥，擅奏羯鼓，也长于作曲等。他和李彭年、李鹤年三兄弟创作的《渭川曲》特别受唐玄宗李隆基的赏识，也经常出入王公贵族的家中表演，与很多官员诗人都有私交。

据说在李隆基开始宠爱杨玉环之后的一年，宫中的牡丹都开花了，有红色、紫色、白色和浅红色。李隆基和太真妃杨玉环一起赏花，命令李龟年唱曲助兴，又说"赏名花，对妃子，焉用旧乐词为？"让人传令叫李白前来做《清平调》，以供李龟年演唱。李白因为前一天喝酒，来到之后酒还没有醒。但听闻玄宗的要求之后，很快一口气就写出来三首：

其一

云想衣裳花想容，春风拂槛露华浓。

若非群玉山头见，会向瑶台月下逢。

其二

一枝红艳露凝香，云雨巫山枉断肠。

借问汉宫谁得似，可怜飞燕倚新妆。

其三

名花倾国两相欢，长得君王带笑看。

解释春风无限恨，沉香亭北倚栏杆。

李龟年立刻带着乐工排练，自己则引吭高歌，而玄宗更是亲自吹玉笛为李龟年伴奏。那时候的李龟年更像是玄宗的一个朋友，但是安史之乱后，京都繁华不在，大批的宫人离宫躲难，李龟年也辗转流落到了江南。

李龟年在江南以卖唱为生，听到他所唱之人无不感伤落泪。安史之乱过后约十年的时候，李龟年在湖南潭州遇见了杜甫。昔日的官员和受宠的乐师，现在都已经风光不再，一个生计都成了问题，另一个只能靠卖唱换取几个铜板。要知道，李龟年风光之时，每唱一场所得赏钱都以千万计。故人相聚，自然感慨万分，杜甫感于这几年的经历，立即写了那首《江南逢李龟年》：

> 岐王宅里寻常见，崔九堂前几度闻。
>
> 正是江南好风景，落花时节又逢君。

曾经大唐的盛世繁华由此可见，让人难过的是这些都已经过去了。饱受战火摧残的百姓，让杜甫在写诗时只能说"疏布缠枯骨，奔走苦不暖"或"暮投石壕村，有吏夜捉人"。飘摇的万里江山都听得见哀哭，不知道昔年的盛景何时才能再现。而李龟年在日常卖唱的时候，经常唱的就是王维的这首《相思》，还有《伊州歌》：

> 清风明月苦相思，荡子从戎十载余。
>
> 征人去日殷勤嘱，归雁来时数附书。

李龟年喜欢唱王维的诗，是因为这些诗都是唐明皇时代常唱的，唱起这些不仅感于自己的兴亡之痛，也能深深地打动那些有着同样经历的听众，勾起他们对曾经种种繁华的回忆。特别是《伊州歌》，更是唱出了李龟年对李隆基南行的心愿，因为此生，也不知自己还能否与这个"知音"皇帝再相见。

自古人们就常用红豆形容爱情与相思，关于红豆的传说也很多。最开始是说，古时候有位男子出征，他的妻子惦念丈夫，就经常在高山上倚着一棵树眺望，经常在树下哭泣。时间长了泪水流干，哭出的颗颗血泪染红了树下的土地，化成了种子发芽生根，长大成树。结出的种子就是一粒粒"心上有心"的红豆，被人们称之为"相思豆"。

李商隐曾经写过"红豆本是相思子，一寸相思一寸灰"；温庭筠也有"玲珑骰子安红豆，入骨相思知不知"；纳兰性德有"江南红豆相思苦，岁岁花开一忆君"；晏几道有"莲漏三声烛半条，杏花微鱼湿轻绡，那将红豆寄无聊？"红豆被赋予了太多的情感，那小小的一粒，代表的是人们的情思。

对于很多人来说，无尽的相思无可描述，一粒红豆代表的就是一颗心。古代人喜欢描写事物来委婉地表示自己的政治立场或者态度，也许王维也没有想到，一首表述对友人思念的诗，最后会成为"相思"的代名词。

张仲素　相思一夜情多少，地角天涯未是长

燕子楼

[唐]张仲素

楼上残灯伴晓霜，独眠人起合欢床。

相思一夜情多少，地角天涯未是长。

张仲素，字绘之，唐代诗人，符离（今安徽宿州）人，唐宪宗时为翰林学士。其诗语言上十分清婉爽洁，悠远飘逸，少有庸作；题材上以写征人思妇的居多，也有描写宫乐春旅的作品。这首诗写的是唐代名妓关盼盼的事情。

关盼盼虽然是名妓，但并没有像明末清初的"秦淮八艳"那样声名远扬，不是因为她才貌不如，而是因为她并没有与众多男子有所牵扯。她嫁了一个好人家，而且在丈夫死后守节不曾改嫁，因而受到众多理学家的赞扬。这种"中规中矩""贞洁烈女"的行事风格，自然算不到声名远播的名妓行列里。

关盼盼出身于书香门第，精通诗文与歌舞，声音婉转动听，舞姿更是动人。她能一口气唱出白居易的《长恨歌》，也能伴着

音乐作"霓裳羽衣舞"，加上还有着美丽无比的容貌，更让无数文人墨客和世家子弟倾心不已。

虽然后来关盼盼家道中落，不得已沦落风尘，但很快就被徐州守帅张愔以重金礼聘纳为妾室。张愔虽然是一介武官，但性喜儒雅，对文墨颇为精通。他既喜欢关盼盼的美貌，也喜欢关盼盼的才情，对于关盼盼的轻歌曼舞更是十分欣赏。张愔虽然妻妾众多，但关盼盼进门之后也是很受宠爱，两人之间的感情非常好。

当时官至校书郎的白居易远游到了徐州，素来喜欢与文人雅士相交的张愔邀请他来自己府上做客，并设宴殷勤招待他。关盼盼对这位大诗人也是慕名已久，对白居易的到来十分高兴，在宴席之中频频为他执壶倒酒。

酒兴正浓时，张愔就让关盼盼为白居易表演歌舞，想借机向白居易展示一下自己爱妾的才艺。关盼盼自然毫不怯场，她换上华丽的舞衣，在乐师的音乐声中翩翩起舞，一曲"霓裳羽衣舞"跳完，又一口气唱完了《长恨歌》。借着几分酒力，关盼盼的表演更加流畅自然，歌声动听，舞姿迷人。

白居易大为赞赏，直感好似当年能歌善舞的倾国美人杨玉环就在眼前，当即写下一首赞美关盼盼的诗。诗中有这样的句子："醉娇胜不得，风袅牡丹花"，意思是说关盼盼的娇俏神情只有花中之王牡丹才能与她相比。这样高的赞誉，又是出自白居易这样一位大诗人之口，因此她嫁人后名声不见变小，反而传颂范围更广了。

这样闻乐起舞、临宴而歌的幸福生活又过了两年多，张愔在这两年里对关盼盼关怀备至。但毕竟是老夫少妻，张愔的身体越发年迈，疾病缠身，终于还是没能再多陪关盼盼一段时间。张愔病逝之后，被葬于洛阳北邙山，家中众多的妻妾在悲伤了一段时间之后，也都各奔前程，树倒猢狲散。而仍旧年轻貌美的关盼盼无法忘记张愔救自己于水火，婚后又对自己关怀备至的挚爱真情，矢志为张愔守节。

于是，关盼盼就带着一位老仆移居到徐州城郊云龙山麓的燕子楼，在燕子楼中过着几乎与世隔绝的生活。

燕子楼是张愔生前特意为喜欢风景的关盼盼兴建的一处别墅，依山畔水，风景如画。楼前还有一湾清流，岸边顺着水流的方向种满了垂柳。当年这栋小楼建好后关盼盼和张愔一起给它起了"燕子楼"这个名字，两人常在楼上看朝阳升起，看临河落日，看燕子斜飞在柳树旁嬉戏。

如今风景依旧，那个能与关盼盼赏景听风的人却已经不在了。关盼盼再也无心歌舞，每日连梳妆都不愿意，任凭自己原本美丽的容貌，一日日地爬满了哀愁的印记。

这样的生活，关盼盼过了十年。周围的人感于她守节不移、忠于旧情的精神，对她的行为赞叹不已。这时，曾在张愔手下任职多年的张仲素前去拜访白居易,他感动于关盼盼为自己的老上司守节,知道她的生活过得凄清孤苦,所以就将自己为关盼盼写的《燕子楼》三首拿给白居易看。

白居易打开写着三首诗的素笺,上面写着:

其一:

> 楼上残灯伴晓霜,独眠人起合欢床;
>
> 相思一夜情多少,地角天涯未是长!

其二:

> 北邙松柏锁愁烟,燕子楼中思悄然;
>
> 自埋剑履歌尘散,红袖香消已十年。

其三:

> 适看鸿雁岳阳回,又睹玄禽逼社来;
>
> 瑶瑟玉箫无意绪,任从蛛网任从灰。

白居易读后回想起在徐州的时候,那一场宴会上关盼盼与张愔表现出的恩爱之情,再对比一下现在关盼盼独自一人,孤守燕子楼,相思无望、万念俱灰的心境。心爱之人先离自己而去是多么大的人生憾事,白居易也不由得为关盼盼感到伤心难过。但又想到虽然张愔已经去世十年,世上仍旧有一个这样多情美貌的女子为他守节,也实在是令人羡慕。

于是,他拿起笔,用张仲素的诗做韵脚,和了三首:

其一:

满窗明月满帘霜，被冷灯残拂卧床。

燕子楼中寒月夜，秋来只为一人长。

其二：

钿带罗衫色似烟，几回欲著即潸然。

自从不舞霓裳曲，叠在空箱十一年。

其三：

今春有客洛阳回，曾到尚书墓上来。

见说白杨堪作柱，争教红粉不成灰。

白居易设想了徐州的燕子楼上，独居的关盼盼想必备受相思煎熬，月冷风高更显得一人的夜无比漫长。张愔离开之后，她脂粉不施，无心歌舞，昔日跳"霓裳羽衣"的舞衣也只能放在箱中，无人去碰。

到第二首诗，还只是感叹关盼盼现在孤苦的生活，但第三首诗则隐隐有不解、责备之意，意思是既然这样的情深义重，十年的时间，张愔墓旁的白杨树都可以长成做柱子使用了，为什么关盼盼不化作灰尘，追随张愔到九泉之下呢？

之后，他可能觉得意犹未尽，再补上一首七言绝句《感故张仆射诸妓》：

黄金不惜买蛾眉，拣得如花四五枝。

歌舞教成心力尽，一朝身去不相随。

张仲素回到徐州，把白居易为关盼盼所写的四首诗带给了关盼盼看。起初关盼盼是有一丝欣慰的，白居易也算是见识过自己与张愔恩爱生活的人，而且能得到一位大诗人的诗也是难得的殊荣。但等到她细细品读完白居易的诗，不禁感到难以置信，心想自己为张愔守节十年，白居易不仅不对自己表示关怀和同情，还在诗里语句尖刻地劝她去死，究竟是何道理？

她悲从中来，哭着对张仲素说："自从张公离世，妾并非没想到一死随之，又恐若干年之后，人们议论我夫重色，竟让爱妾殉身，岂不玷污了我夫的清名，因而为妾含恨偷生至今。"说罢放声大哭，在泪眼模糊中，依白居易诗韵，作七言绝句一首：

> 自守空楼敛恨眉，形同春后牡丹枝。
>
> 舍人不会人深意，讶道泉台不相随。

关盼盼的诗中有怨有恨。白居易见识过她年华正好时的"醉娇胜不得，风袅牡丹花"，却在自己为夫守节，如同春后牡丹凋谢之时不表示同情安慰，反而出言讽刺，只差直白地说上一句"你为什么还没去死"。关盼盼为夫守节十年，这个时候对她来说，死可能才是一种解脱，继续活着才是饱受着无尽的折磨。

事已至此，她也无意再继续坚守，张仲素当天离开之后，她就开始绝食。燕子楼周围的人听闻这个消息，纷纷前来劝她，还有很多人写诗安慰她。但关盼盼死意已决，在十天之后她就已经到了弥留之际，她强撑起虚弱的身体，提笔写下：

儿童不识冲天物，漫把青泥汗雪毫。

在关盼盼眼中，白居易枉为一代大诗人，又怎么能识得她坚贞的感情呢。关盼盼的死讯很快传到了白居易的耳中，他先是感到震惊，这才明白关盼盼确实是一位痴情重义的贞烈女子，然后又想到关盼盼的死与自己写的诗有着不可推卸的关系，心情由敬佩变成了深深的内疚。但是再怎样的内疚，在关盼盼的逝去的生命面前又能有什么用呢？

之后，白居易托多方相助，将关盼盼的遗体安葬在了张愔的墓侧，算是他对关盼盼的一点补偿，也可以减少一些自己的愧疚之情。但是，这一点补偿，对于含悲而死的关盼盼来说，又有什么意义呢？只是白居易对自己的心理安慰罢了。

但事实真的是这样吗？

关盼盼后来可能确实是守节而死，但这其中跟白居易的关系，真的不算大。如果白居易知道自己一首《感故张仆射诸妓》能给后人留下这么多的"故事"，还被扣上了一顶"逼死关盼盼"的大帽子，不知道会不会很无奈。

《感故张仆射诸妓》中的张仆射，其实指的并不是张愔，而是他的父亲张建封，那首诗也并不是希望节妇殉节而死，只是感叹时人花费重金买来的歌舞姬，一旦身死，纵然有美女如云，也不能相陪到地下，感叹世事无常罢了。

在对正妻是否守节都不太在意的唐代，能写出《卖炭翁》

之类同情底层人民，还有"须知妇人苦，从此莫相轻"诗句的白居易，怎么会去苛求被随意送人的家妓守节殉情呢？

而关盼盼诗中所说的"舍人"也与当时白居易的官位不符。整首诗的文采也谈不上多好，更多的可能是后人"替"关盼盼所做。而这个"逼死关盼盼的故事"更可能是后人为了抬高关盼盼的形象，将白居易牵扯进来，还添油加醋地描绘了"栩栩如生"的真相。

声名赫赫如白居易，也成了无聊文人的话题。

而燕子楼也因为关盼盼的故事成为徐州的一处胜迹。宋代的苏轼曾经夜登燕子楼，夜梦关盼盼，之后写了一阕《永遇乐》：

彭城夜宿燕子楼，梦盼盼，因作此词。明月如霜，好风如水，清景无限。曲港跳鱼，圆荷泻露，寂寞无人见。

紞如三鼓，铿然一叶，黯黯梦云惊断。夜茫茫，重寻无处，觉来小园行遍。

天涯倦客，山中归路，望断故园心眼。燕子楼空，佳人何在？空锁楼中燕。

古今如梦，何曾梦觉，但有旧欢新怨。异时对，黄楼夜景，为余浩叹。

文天祥被俘北上时，途经徐州凭吊燕子楼，也曾写下："因何张家妾，名与山川存。自古皆有死，忠义常不没"这样的诗句。

　　不管怎样，关盼盼泉下有知，知道这么多人被她的爱情和忠贞所感动，也会感到一丝欣慰吧。

刘子翚 缕衣檀板无颜色，一曲当时动帝王

汴京纪事

[宋]刘子翚

辇毂繁华事可伤，师师重老过湖湘。

缕衣檀板无颜色，一曲当时动帝王。

刘子翚，字彦冲，号病翁，崇安五夫里（今福建武夷山市五夫镇）人，南宋理学家、文学家，被称为屏山先生。他的父兄都是著名的抗金将领，他也曾经从戎，但因体弱归隐，传学讲道，并抚养了好友朱松之子，即后来成为大理学家的朱熹。这首诗通过对歌妓李师师步履蹒跚、垂垂老矣的描写，引出北宋江山旧景难在的悲凉之感。

李师师，北宋末年青楼歌姬，东京（今河南省开封市）人。关于她的描写多见于野史、笔记小说。据传说，李师师曾深受宋徽宗赵佶喜爱，并得到宋朝著名词人周邦彦的垂青，更传说她曾与《水浒传》中的燕青有过感情纠葛。

另外，史书曾有记载，北宋著名词人张先、晏几道、秦观

_230

等，都曾与李师师有过来往。但很明显，如果与这些人都有来往的话，李师师的年龄对不上。所以，其中一部分可能是别的"师师"，只是时间太过久远，被后人混淆了。

比如，张先的《师师令》："香钿宝珥，拂菱花如水。学妆皆道称时宜，粉色有、天然春意。蜀彩衣长胜未起，纵乱云垂地。都城池苑夸桃李，问东风何似。不须回扇障清歌，唇一点、小於珠子。正是残英和月坠，寄此情千里。"

还有晏几道的《生查子》："远山眉黛长，细柳腰肢袅。妆罢立春风，一笑千金少。归去凤城时，说与青楼道：遍看颍川花，不似师师好。"

秦观还有《一丛花·年时今夜见师师》词赠李师师："年时今夜见师师。双颊酒红滋。疏帘半卷微灯外，露华上、烟袅凉飔。簪髻乱抛，偎人不起，弹泪唱新词。佳期谁料久参差。愁绪暗萦丝。相应妙舞清歌罢，又还对、秋色嗟咨。惟有画楼，当时明月，两处照相思。"

据考证，秦观和张先诗里的"师师"极有可能是另一人，或者说与徽宗时期的"李师师"并不是同一人，而周邦彦遇见的"李师师"才是和赵佶同一个时间段的"李师师"。

遇见李师师的时候，周邦彦已经是京城出名的词人了，京中歌妓都以能唱到他的新词为荣。一见面，周邦彦就为李师师的气质所倾倒，填了一首《玉团儿》记录他对李师师的印象：

铅华淡伫新妆束，好风韵，天然异俗。彼此知名，虽然初见，情分先熟。

炉烟淡淡云屏曲，睡半醒，生香透肉。赖得相逢，若还虚过、生世不足。

李师师也欣赏周邦彦的文采，两人日益亲近。周邦彦还有一首《一落索·眉共春山争秀》，不仅仅表示了对李师师的赞美和同情，还有劝她早日找个良好的归宿之意。可见两人之间虽然有情，但周邦彦心知自己不会娶李师师回家：

眉共春山争秀，可怜长皱。莫将清泪湿花枝，恐花也、如人瘦。

清润玉箫闲久，知音稀有。欲知日日倚阑愁，但问取、亭前柳。

之后，就是李师师与宋徽宗赵佶的故事了。赵佶除了爱好花木竹石之外，还很喜欢美人，史书中说他的后宫"三千粉黛，八百烟娇"。然而，这么多的各色妃嫔，赵佶也有看够的时候。据说，有一天他闲来无事，写下两句诗曰："选饭朝来不喜餐，御厨空费八珍盘"。然而，后两句就想不出来了，就让一位大学士接续。

那个大学士也是深知圣心，续了一句"人间有味俱尝遍，只许江梅一点酸。"对于看腻了宫中女子的赵佶来说，李师师自然就是解除腻味的"一点酸"。

于是赵佶就换上便服，自称是殿试秀才赵乙，要重金求见李师师，最后终于得见李师师芳容——"鬓鸦凝翠，鬟凤涵青，秋水为神玉为骨，芙蓉如面柳如眉"。就着美酒听着李师师的执板唱词，看着李师师轻歌曼舞，赵佶当下就被迷得神魂颠倒。

据说，为了方便往来，赵佶还专门修了条"密道"直通李师师家。有一个赵佶当时比较喜欢的妃子曾问过："到底是什么样的李家姑娘，让陛下如此念念不忘。"赵佶说："似乎也没什么，但是如果一群人穿着同样的衣服，师师也混在其中，肯定让人一眼就能看见她。那种幽姿逸韵，完全在容色之外。"可见，李师师是以气质取胜的。

为了方便与李师师见面，赵佶还成立行幸局专门负责出事宜。每当赵佶因为夜宿李师师处不上早朝时，行幸局的人就负责帮他遮掩，向百官解释。当时，朝中大臣对于皇帝的事情都心知肚明，大多数都只是敢怒不敢言，以至于赵佶更加无所顾忌。

身为京中名妓的李师师，可能没见过皇帝。但世上没有不透风的墙，李师师接待了皇上，旁的达官贵人更加不敢上前。一时之间，原本门庭喧嚣的巷外已经是车马稀少了。

赵佶在这个时候也赏赐给了李师师大笔的金银珠宝，李师师生活倒是不见困窘。只是别的达官贵人都可以不来往，周邦彦却难舍李师师的柔情，李师师也不舍与周邦彦的情分。两人趁着赵佶不在，私下里还常常见面。

周邦彦正与李师师温言说笑，忽然听到外面赵佶到来的声音，无奈之下，周邦彦只得躲入床底。那天赵佶只是来给李师师送几个从江南快马送到的橘子，因为宫中还有事，两人只是边吃边说笑几句，赵佶就离开了。

周邦彦半是惊吓半是尴尬地从床下钻出，感叹着作了一首《少年游·并刀如水》：

并刀如水，吴盐胜雪，纤手破新橙。锦幄初温，兽烟不断，相对坐调笙。

低声问：向谁行宿？城上已三更，马滑霜浓。不如休去，直是少人行。

李师师与赵佶来往之事，几乎举国皆知，流传的速度更是非常快。赵佶可能也觉得既然都知道了，那就将李师师接进宫来吧，还能朝夕相对。进宫之后，李师师一度非常得宠，后来还被封为李明妃。

后来金兵逼近开封，赵佶将皇位让给太子赵恒之后就退居太乙宫，专奉道教。李师师也被贬为庶人，逐出宫中。据说，她为了避祸，自乞为女道士。不久，东京沦陷，北宋灭亡。金兵俘虏了徽钦二宗和赵氏宗族等多人，李师师的下落也扑朔迷离了。

关于李师师的下落，有一种说法是，金兵入侵之际，她捐献了自己的金银珠宝当作军费。后来金军入侵，他们的国主也听闻过李师师的大名，便让金军主帅去寻找李师师。但主帅久寻无果，后来在张邦昌的帮助下，终于找到了李师师。李师师不愿意，想要用金簪自尽却被拦住了，后将金簪折断，吞金自杀了。

这一版本的结局也是大多数小说通用的，但也有人认为这是借李师师的身份讽刺时事。

另一种说法是李师师被没收家产之后南下，流落到临安一带，重操旧业以卖唱为生，有唱"杨柳岸晓风残月"之曲，后嫁给一个商人做妾，最终老死湖湘。刘子翚的《汴京纪事》就是沿用了后面这种说法。

美人迟暮，年华老去，就如同曾经繁华的北宋朝廷一样，充满了世事沧桑与历史的无奈。

吴伟业　恸哭六军俱缟素，冲冠一怒为红颜

圆圆曲

[明]吴伟业

鼎湖当日弃人间，破敌收京下玉关。

恸哭六军俱缟素，冲冠一怒为红颜。

吴伟业，字骏公，号梅村。他是明末清初著名诗人，与钱谦益、龚鼎孳并称"江左三大家"，又是娄东诗派开创者，长于七言歌行，初学"长庆体"，后自成新吟，后人称之为"梅村体"。

《圆圆曲》是一首长达五百四十九字的诗，现在看到的就是这首诗的前四句，其中"恸哭六军俱缟素，冲冠一怒为红颜"也是流传最广的句子。据说此诗写成之后，吴三桂想让吴伟业去掉其中一些字句，但都被吴伟业拒绝了。

陈圆圆，原姓邢，名沅，字圆圆，又字畹芳。父亲是一位货郎，母亲早亡，她被养在姨母陈氏家，所以改姓陈。她幼年时冰雪聪明，艳惊乡里，后来在姨夫家生活困顿之时，被姨夫

卖给苏州梨园，善演弋阳腔喜剧。第一次登台表演，陈圆圆就出演了《西厢记》中的红娘，舞台上的陈圆圆光彩照人，每一登场演出，明艳出众，独冠当时，"观者为之魂断"。

在被外戚田弘劫入京城之前，陈圆圆曾经嫁给贡若甫为妾，可是被其正妻所不容。后来贡若甫的父亲见到陈圆圆，吃惊地说："此乃贵人。""纵去之，不责赎金。"之后陈圆圆又与冒辟疆产生了情谊。冒辟疆回乡省亲，经友人介绍认识了陈圆圆，相见甚欢，于是定下了再会之期。

过了没多久，陈圆圆家中遭匪徒抢劫，深感不安的陈圆圆有了嫁给冒辟疆之意，并前去拜会冒辟疆母亲，二人感情愈好，定下终身之约。但之后冒辟疆因为战乱失约（有说是调任离职而告别），陈圆圆也被四处为崇祯皇帝寻找绝色美女的田弘献给崇祯皇帝。

后来，冒辟疆在《影梅庵忆语》中曾说："妇人以资质为主，色次之，碌碌双鬓，难其选也。蕙心纨质，淡秀天然，平生所见，则独有圆圆尔。"陈圆圆等美女入宫之时，内政紊乱，外敌也是虎视眈眈。崇祯皇帝忙于处理内忧外患的政事，并没有心思在后宫美人身上，于是没几个月陈圆圆就被遣回田府，成了田弘府的一名歌姬。

当时田弘为了巩固自己的地位并在乱世中找到依靠，有意结交手握重兵的吴三桂，便举办宴会，并邀请吴三桂赴宴，宴会中"出群姬调丝竹，皆殊秀。一淡妆者，统诸美而先众音，情艳意娇。"而这位淡妆貌美的歌姬，就是陈圆圆。吴三桂惊诧于陈圆圆的美艳，"不觉其神移心荡也"。席间对田弘表示，"能以圆圆见赠，吾首先保护君家无恙"。于是吴三桂离开之时就将陈圆圆带回了自己府内。

不久李自成的队伍逼近京师，崇祯皇帝派吴三桂以总兵身份镇守山海关，吴三桂本想带着陈圆圆同行，但是在他父亲的劝说下，为了避免同行而招惹是非被皇帝所知，就将陈圆圆留在了京城。

李自成打入北京之后，吴三桂的父亲和一家亲眷都被李自成控制住，陈圆圆也被李自成部下刘宗敏所虏。李自成之前就已经派人带重金并写信给吴三桂，要他归顺。吴三桂带兵行进到滦州时，得知京城已经沦陷，虽有意去救援，但不免又担心孤掌难鸣。左右为难之际，他得知父亲已被抓，陈圆圆被强占，于是怒斩李自成派去的使者，冲冠大怒高喊："大丈夫不能自保其室何生为？"

他让军中将士都换上白盔白甲，说要为崇祯帝报仇，就回到山海关联系了多尔衮，引清军入关，与清军一起向农民军开战。这就是吴伟业所说的"恸哭六军俱缟素，冲冠一怒为红颜"。

李自成恼怒于吴三桂的反抗，怒斩吴三桂父亲及一家三十八口，然后带兵弃京逃走。吴三桂带着杀父夺妻之恨，昼夜追杀农民军，一直追杀到山西。而吴三桂的部下则在京城之中到处找寻陈圆圆的踪迹，找到之后飞骑传送，将陈圆圆送到了吴三桂身边。

吴三桂背负着卖国贼之名，带着陈圆圆一起，自山西，渡黄河、入潼关、克西安、平李闯、定云南、驱永历，东征西伐，为清朝廷统一中国立下了汗马功劳。

所以才有很多人说，陈圆圆以一人之力，将清军入关的时间提前了几十年，说她是红颜祸水，之前那些"一顾倾人城"的美女都无法与她相比。但实际上，历史就是由一个又一个巧合组成，虽然由胜利者书写，但是其中的一些关键点可能就是由一个小人物决定的。

就像查理三世因为战马少了一个马掌钉而摔倒，最后失去了一个国家那样，那个小小的马匠也并不知道一个小小的马掌钉会有这么大的影响。

到吴三桂平定云南之后，在云南建立了平西王府。吴三桂一度想立陈圆圆为王妃，但陈圆圆却说："妾身出生微潜，德蒙将军垂爱，已是万幸，王妃之位，万万受不起！"虽然一度"宠冠后宫"，但随着吴三桂后宫女子越来越多，加上又被吴三桂正妻所不喜，陈圆圆也逐渐"色衰而爱弛"日渐失宠，最后她辞宫入道，法名"寂静"，"布衣蔬食，礼佛以毕此生"。

吴三桂晚年，与康熙皇帝斗智斗勇，最后自己竟然蓄发称帝。但在称帝之后不久，感染寒疾，到去世时为止，一共只做了五个多月的皇帝。吴三桂的死讯传出后没多久，朝廷就出兵将他一家老小屠杀殆尽。

陈圆圆听闻这个消息，泪流不止，最后素衣淡妆投入了莲花池中，以死殉情。对于陈圆圆最后的结局，一直以来众说纷纭，争议很多。有说她在昆明城破之时自缢而死，有说她根本没有死，而是带着吴三桂的后人隐居深山，其后人一直延续至今。

纳兰性德　赌书消得泼茶香，当时只道是寻常

浣溪沙·谁念西风独自凉

[清]纳兰性德

谁念西风独自凉？萧萧黄叶闭疏窗。沉思往事立残阳。

被酒莫惊春睡重，赌书消得泼茶香。当时只道是寻常。

纳兰容若作为清代著名的词人，留给我们无数或美好或伤感的诗句，而这些诗词的诞生，都与他丰富多彩的感情经历有关。就像他自诩"是天上痴情种，不是人间富贵花"。

他在投入一段感情的时候，关注的不是门当户对，衡量的不是官位和权势，而是凭着自己的一颗真心。但如人们常说，初恋时不懂爱情，所以初恋通常没有好的结局，纳兰容若的初恋也没有避开这样的结果。

纳兰容若十多岁时，家中来了一个名叫雪梅的小妹妹，这个妹妹是纳兰容若姑姑家的孩子。纳兰容若的姑父舒穆禄庆吉遇难，他的姑姑也伤心过度去世了，只剩下这一个14岁的小女孩无依无靠，纳兰容若的父亲纳兰明珠就将她接到自己府上抚

养，纳兰容若也因此多了一个青梅竹马的伙伴。

初入府时，雪梅常常沉浸在双亲去世的悲痛之中，纳兰容若就经常带些小玩意哄她开心。虽然雪梅也是一个千金小姐，但雪梅并没有被父母教育成"女子无才便是德"的"大家闺秀"，反而对琴棋书画样样精通。有这样一个少女陪伴自己谈诗作词，难怪纳兰容若会发出"人生有一红颜知己足矣！遑求它哉"这样的感叹了。

"正是辘轳金井，满是落花红冷。蓦地一相逢，心事眼波难定"，一首《眼儿媚·咏梅》就足以代表那时候纳兰容若心里雪梅的形象了。

莫把琼花比澹妆，谁似白霓裳。别样清幽，自然标格，莫近东墙。

冰肌玉骨天分付，兼付与凄凉。可怜遥夜，冷烟和月，疏影横窗。

两小无猜、青梅竹马的两个人就这样长大了，到了知情而怯的年纪，两人已经在私下里互定终身了，但是这样一桩本来亲上加亲的美满爱情却遭到了纳兰容若母亲的阻拦。在她的心里，纳兰容若是要比纳兰明珠大学士有更好的发展的，娶这样一个无依无靠的女孩，对以后的仕途有什么用处呢。

而且，最主要的是她不喜欢雪梅。所以，在纳兰容若和雪梅都不知情的情况下，她将雪梅送进了皇宫之中。"谁省，睡省，从此篁纹灯影"，雪梅与纳兰容若别说在一起了，见一面都成了难如登天的事情。

雪梅进宫后不久，赶上仁孝皇后去世，国丧期间要有和尚来做法事。纳兰容若为了能与雪梅见面，贿赂寺院的喇嘛，自己也混迹其中，果然见到了已经入宫为宫女的雪梅。但是宫规森严，两人只能只眼相望，连话也不能说一句。

深禁好春谁惜，薄暮瑶阶伫立。别院管弦声，不分明。

又是梨花欲谢，绣被春寒今夜。寂寂锁朱门，梦承恩。

在纳兰容若的心里，雪梅始终还是那个属于自己的小女孩，因为宫女十年未承宠就可以离宫回家，纳兰容若那时候是有心等雪梅回来的。但是纳兰容若的母亲又怎么会允许？自从把雪梅送进宫中之后，她就开始为纳兰容若物色妻子，最后选中了两广总督卢兴祖之女。

最开始，纳兰容若是反抗的，但自古婚姻都是父母之命、媒妁之言，身为儿子是没办法反抗自己父母的决定。虽然心里对雪梅的思念已经泛滥，但是雪梅已经入宫，纳兰容若也是无可奈何。在写下一首《木兰词·拟古决绝词柬友》之后，纳兰容若不再反抗，在20岁的时候与卢氏成婚：

人生若只如初见，何事秋风悲画扇。

等闲变却故人心，却道故人心易变。

骊山语罢清宵半，泪雨霖铃终不怨。

何如薄幸锦衣郎，比翼连枝当日愿。

本来纳兰容若以为自己还是爱着表妹雪梅的，但在卢氏的温柔抚慰之下，他还是走出了与雪梅分开的阴影。卢氏虽然"生而婉娈，性本端庄"，但是本人却是充满童真的，这一点与性本天真的纳兰容若更加契合。

据说二人新婚之后，纳兰容若曾经写过一首诗，形容自己初见卢氏的惊艳：

十八年来堕世间，吹花嚼蕊弄冰弦。多情情寄阿谁边？

紫玉钗斜灯影背，红绵粉冷枕函偏。相看好处却无言。

在纳兰容若的心里，与卢氏的生活都是在平淡里见真情，他也会用自己的诗词记住两人相处的点点滴滴，"绣榻闲时，并吹红雨，雕栏曲处，同椅斜阳"。一个下雨天，纳兰容若找不到卢氏了，最后在后院发现，站在院子里的卢氏打着两把伞，一把遮住自己，另一把遮住池塘里新开的荷花，自己身上都已经被淋湿而浑不自知。

在纳兰容若扶着她回房时，卢氏还惦记那池塘里新开的荷花，如果被雨水浇坏了，明年怕是就不能开花了。

卢氏也会在纳兰容若公务忙到半夜的时候，给他泡上一杯热茶，准备些好消化的点心，自己则默默地坐在那，一边绣花一边陪他。纳兰容若身上有痒的地方，卢氏就用染了凤仙花的指甲给他搔背，"春葱背痒不禁爬，十指惨惨剥嫩芽。忆得染将红爪甲，夜深偷捣凤仙花。"

两人也时常对坐，互相讲诗词里的故事，一起读唐人杜荀鹤的《松窗杂记》，两人还一起为《世说新语》中荀奉倩"不辞冰雪为卿热"的故事黯然神伤。纳兰容若也给她讲过李商隐和柳枝的爱情故事，她便笑着也要纳兰容若写诗给她。

卢氏还用颜色来评价纳兰容若的诗，见解独到。她曾经对纳兰容若说，最悲伤的字就是"若"字了，因为但凡出现，总是因为对某人某事无能为力。纳兰容若从没有想过自己会娶一个能与自己诗词相和，谈天说地的妻子，这样的日子直到三年之后，卢氏为纳兰容若生下儿子难产而死之时戛然而止。

如果说与初恋雪梅的分别是人为的生离，那与感情更加深厚的卢氏则是没办法控制的死别。纳兰容若的心从此以后都沉浸在悲伤之中，他写下了大量的悼亡诗，俯首间，含泪低吟《生查子·惆怅彩云飞》：

> 惆怅彩云飞，碧落知何许。
>
> 不见合欢花，空倚相思树。
>
> 总是别时情，那待分明语。
>
> 判得最长宵，数尽厌厌雨。

而这首《浣溪沙·谁念西风独自凉》也是纳兰容若悼亡诗的代表作之一。

现在再也没有谁会对我念叨西风寒凉多加衣裳，我只能孤零零地一个人凭窗而望。秋天的黄叶被吹落，萧萧而下，残阳照在身上。在之前的日子里，只要我喝多了酒，你连给我盖被子的动作都是轻轻的，也曾一起翻着书打赌，看谁先找出对方说的诗句，玩笑中打翻茶碗弄湿了衣裳。这些情景当时竟以为只是寻常，如今已经只能全然留在回忆之中了。

卢氏的逝去给纳兰容若的打击是巨大的，他一蹶不振，只能寄情于诗词和烈酒，每一首诗都藏着纳兰容若的眼泪和对卢氏的思念，"林下荒苔道韫家，生怜玉骨委尘沙。愁向风前无处说，数归鸦。半世浮萍随逝水，一宵冷雨葬名花。魂是柳绵吹欲碎，绕天涯。"

有自己客居佛寺之时梦中与妻子相会的情景，"客夜怎生过？梦相伴，绮窗吟和，薄嗔佯笑道：若不是恁凄凉，肯来吗？来去若匆匆，准拟待晓钟敲破。乍倦人，一闪灯花坠，却对着琉璃火。"梦中的"薄嗔佯笑"只能衬得醒来后更加凄凉。

在之后的日子里，虽然身边也有了新的妻子，还有了沈宛这样的知心人，但纳兰容若一生中最爱的还是卢氏，他曾说过：

一生一代一双人，争教两处销魂。相思相望不相亲，天为谁春？

浆向蓝桥易乞，药成碧海难奔。若容相访饮牛津，相对忘贫。

在卢氏去世后的第八年，纳兰容若身感寒疾，久治未愈，也许是预感自己很快会与卢氏相见，纳兰容若这时作了一首

《采桑子》：

　　谢家庭院残更立，燕宿雕梁。月度银墙，不辨花丛那瓣香。

　　此情已自成追忆，零落鸳鸯。雨歇微凉，十一年前梦一场。

　　最后，纳兰容若与妻子卢氏在同一天离世，这似乎印证了那句"不求同年同月同日生，只能与你不同年，但同月同日死"。

　　纳兰容若死时，年仅31岁。